將軍求娶

【洞房不寧之三】

莫顏 著

風文創 1034

目錄

序文

這次的洞房不寧系列共有三部，《將軍求娶》是第三部，請笑納。

相信各位讀者們看完，就知道洞房有多麼不寧了，三種不寧的洞房，寫起來挺有趣味。

這次寫的是小庶民努力向上，愛情也跟著向上的故事。男、女主角的人生路或許不完美，或許跌過跤，但是從不完美中走向修正，才是真正的完美。

我是這麼覺得，不知各位看官感覺如何？

希望大家喜歡這個故事，因為我的編編和校對喜歡，所以這本內容應該是不錯的，哈！

二〇二二年了，時間過得好快，人生走到這裡，世界發生了好多事，家裡也發生了好多事，心中感觸良多。

平安就是福——這句話是我這兩年心中的寫照，知足常樂，乃是上天的恩賜。

這本書寫完後，莫顏在思考下一步寫書計劃。跟編編討論過，聽了她給予的心得感想，覺得自己可以嘗試寫篇幅更長的故事。

每回寫書總能學到許多東西，也希望可以有進步，因此我會開始做長篇的大綱計劃，找些新的目標。

這次的封面也是由繪者樹蔭所畫，美吧美吧美吧？

莫顏很喜歡封面的唐將軍和柳惠娘，感謝樹蔭大大細膩的美感，比我預期的人物設定還要更好。\(^^)/

今年大家要加油喔！把心靜下來，做好分內的事，顧好自己和家人的健康，靜心地度過每一天。

世界本無常，生活越簡單越好。

謹以此書，紀念我在天國自由自在的爸爸。

莫顏 Mandy

第一章

杏花村是平鎮附近一個偏僻的小村落，這兒山明水秀，長滿了杏花樹，因此而命名。

村落住了一百多戶人家，居民主要靠種田、打獵和採藥為生，自給自足，偶爾拿去鎮上換取銀錢，買些什物回來。

柳惠娘是吳家小媳婦，她有一手好廚藝，每個月都會醃些私房醬菜，拿去賣給鎮上的館子，賺了銀子就買肉回來，給婆婆和兒子添菜。

她醃的私房醬菜口碑很好，隨著季節不同，醬菜口味也會跟著更換，成了飯館的一道招牌菜。

飯館掌櫃知道這婦人手藝了得，又怕她把醬菜賣給別家，因此給了高價，包下她的醬菜，約定好每個月送多少量。

今日，柳惠娘坐了驢車來到平鎮，店小二見到她，上前熱情招呼，請她進屋等，倒了杯熱茶給她，然後招呼驢車把醬菜載到廚房外。

驢車是跟村裡鄰居租的，說好每個月固定的時間，載柳惠娘到鎮上交貨。她清晨伺候好婆婆和兒子後才出發，到達飯館時，離午時尚有半個時辰，這時候飯館已陸續有些客人。

楚雄便是此時到飯館用飯的。

店小二忙上前招呼。

「楚爺，您今日來得早呀，這兒坐！」

平鎮人都識得楚雄，見到他都要稱一聲「楚爺」。

楚雄生得人高馬大，一身勁裝，腰間掛刀，相貌粗獷又帶著不羈的俊朗。

「跟以往一樣，三菜一飯，一壺酒。」楚雄坐下，將腰刀擱在桌上。

他是常客，店小二已知他用飯的習慣，所謂三菜一飯，就是一盤肉、一盤菜，再加上一盤當季的招牌醬菜。

飯菜要等，但是酒一定要先上。店小二招呼他坐下，便去張羅酒菜。

楚雄目光不經意一掃，忽然定住。

靠近門邊角落的桌子，坐了個文靜秀氣的女子，是副生面孔。

店小二先端上酒水和醬菜，再去張羅兩盤熱炒時，被楚雄叫住。

「那女人是誰？」

店小二朝他指的方向看去，笑著回道：「那是杏花村的柳惠娘，咱們飯館的醬菜都是跟她訂的，今日送貨來。」

「哦？」楚雄狀似漫不經心地閒聊。「誰家媳婦？」

「杏花村吳家。」

「種田的？」

「本來是，但兩年前吳家老爺去世後，老夫人就把田賣了。」

楚雄面色淡然地聽著，好似只是隨口一問罷了，見店小二有些探究的目光，他便道：「我還以為掌櫃的娶媳婦了呢。」

店小二聽了一愣，恍然大悟，接著悶笑道：「掌櫃的哪有這福氣，咱們是粗人，那柳娘子生得好，廚藝好，人又賢慧，嫁的可是讀書人呢！您到平鎮才幾個月，所以不知道，她家相公十五歲中秀才，十八歲中舉人，吳家老太太把田地賣了，就是給她兒子當盤纏去京城趕考，掙個前程。」

楚雄只是笑笑，沒再多問，狀似沒多大興趣，改口催店小二快把菜送來。

掌櫃的結算好銀子，走出來交給柳惠娘，柳惠娘向他道謝，微微一笑就離開了，沒注意到身後有一道目光，始終盯著她的背影。

交了貨，有了銀錢，柳惠娘喜孜孜地上了驢車，命車伕去市集採買，好拉回杏花村。

柳惠娘不知道，自己這一趟出來，無意中入了某人的眼。

對某人來說，沒看上就算了，偏偏不小心看上了……有點麻煩。

楚雄兩三下便將飯菜掃光，一壺酒全部灌完，把銀子丟在桌上，叫店小二算帳，店小二愣得直瞪眼。

他不過去添壺茶水回來，飯菜就空了，有這麼餓？

楚雄沒理他，大步出了飯館，朝市集走去，因為適才那女人臨走前，跟掌櫃說了句要去市集採買東西。

柳惠娘已經想好要買什麼，她是老顧客，小販們見到她，便將好物拿出來。

柳惠娘面容姣好，嘴巴又甜，也很會做人，除了做醬菜，她還會順道做些小吃食，用荷葉包成一小包，送給攤主，惹得攤主高興，你來我往，就會給她打個折，或是省了零碎錢。

幾次下來，雙方有了交情，下回她再來，攤主若是進了些新鮮的好貨，便會主動將最好的留給她。

柳惠娘靠著好交情，就這樣一點一點地攢下錢，積少成多，久了也是一筆不錯的進項。

採買完畢，接著去肉攤買了豬肉。五歲的潤哥兒在長身子，得補一補，才能長得高。

經過一家飾物攤子時，柳惠娘瞥見一把雕工細緻的木梳，問了價錢後，嫌太貴。她是買得起，但捨不得，貨郎見她意動，積極說服，舌粲蓮花半天也沒能讓她把銀子拿出來。

貨郎熱心，就算她不買，也不會擺臉色給她瞧，柳惠娘見他態度好，自己在攤子上看了半天也沒買，挺不好意思，但她實在捨不得花這個錢，因此找了理由。

「我讓我家相公買給我。」她甜甜地笑道，客套幾句，人便走了。

在她離開後，貨郎正要將木梳放進盒中時，攤前又來了客人。

「拿給我看。」

貨郎愣住，就見攤前站著一位客人。

他是最近才來擺攤的，因此不識得楚雄，見他要看，忙把木梳奉上。
「適才那位婦人看上這個？」
貨郎一聽，上下打量他，忽然恍然大悟。
「您是那娘子的丈夫？」
楚雄抬眼，沒回答，只是一笑，貨郎就以為他默認了。他還當那婦人是故意找理由哩！沒想到是真的等著丈夫買給她。
「這木梳用的是上等檜木，那木匠師父是給大戶人家做木雕的，因為剩了材料，因此做了木梳。您瞧瞧這上頭的刻花，可不是一般木匠能比的，小的賣這個價，真的不貴呀！您可以去打聽，若是去別家，起碼差了十倍的價。」
楚雄點頭道：「確實不錯。」
貨郎目光一亮，知道遇著了識貨的客人，有機會成交。
「您買下這木梳送給妻子，她肯定驚喜，就這唯一的一把，多了也沒有。」
楚雄將木梳收下，掏出一錠銀子丟給他。「不用找了。」
貨郎驚喜，忙哈腰道謝。

柳惠娘坐在驢車上，清點今日的收穫，心裡計量著晚上加菜，和婆婆、兒子一起慶祝。

驢車走到一半忽然顛了下，把柳惠娘給驚了，待緩過神，忙問車伕怎麼回事。

車伕下車瞧了瞧，擰眉道：「輪子壞了。」

柳惠娘一聽，霎時整個人都不好了，她這一車子的東西可不少，讓她提著兩腳走回去是不行的，更何況，路程都走了一半，返回鎮上另外找車也不可能。

「怎麼會壞了？」

柳惠娘也跟著下車查看。

這車伕叫驢二，是村裡的老實人，專靠驢子給村人載貨，從不騙人，她昨日還叮囑過，叫他檢查好車子，可別壞在路上，驢二從來都是照做，也不會誆她，這次大概是運氣不好。

這可怎麼好？前不著村，後不著店，車輪偏偏壞在這種地方，若是耽擱了不打緊，但她這車的好物是一定要帶回去的。

驢二搔搔頭，很是愧疚。

柳惠娘想了想，現在怪他也於事無補，得把握時間，天黑就麻煩了，便拿了一串銅錢給他，要他走回鎮上，另外再叫輛馬車過來。

驢二拿了銅錢，快步往平鎮跑回去，柳惠娘便坐在驢車上等著。

她估計驢二來回一趟要花半個時辰的工夫，卻沒想到過了一刻，便聞馬蹄聲從遠處而來。

柳惠娘回頭看去，就見一名男子策著馬車駛來，最後在驢車旁停下。

男子坐在馬上，居高臨下地看她。

「妳是柳惠娘嗎？」

柳惠娘有些戒備地看著他，沒有回答。

「妳家車伕說，妳需要馬車載貨。」

「……」柳惠娘沈默地打量他，男人身高體壯，一身黑色勁裝，背脊挺拔，五官線條凌厲，就連他身下的馬兒也跟主人一樣，四蹄修長，毛色發亮，都是結實強健，氣場非凡。

「你認錯人了，我不是柳惠娘。」

「……」瞧那個戒備的眼神，楚雄不明白自己是哪兒不對，為何她一見面就說謊，讓他原本想好的劇本沒機會演出來。

其實驢車的車輪是他弄壞的，他算好了，車輪只能撐到半路就會停下來，也算準了車伕會返回鎮上去找另一輛車。

見到車伕走了，他便策著備好的馬車，穿著幹練剽悍的騎裝，英雄救美般的出現。

平日他這副打扮走在鎮上，都會引起其他姑娘的注目，對他投以傾慕之色，但這女人看他的眼神裡，找不到一絲侷促和羞澀。

「妳家車伕路過時，說要租用我的馬車來載貨，就車上這些嗎？」

既然她睜眼說瞎話，他也可以沒事似的完全無視，然後也跟著她睜眼說瞎話。

柳惠娘想了想，問道：「他租用你的車，花了多少？」

「十個銅錢。」

她先前的確是拿十個銅錢給驢二。

「他人在哪兒？」

「他去鎮上找人來拉他的車，要我先過來找妳。」

「十個銅錢拿出來，我看看。」

楚雄從錢袋裡掏出十個銅錢，攤在手上給她瞧。銅錢長得都一樣，他就不信她能辨認這些銅錢是不是她給的。

柳惠娘伸手把銅錢收回，放進自己的錢袋裡。

「不租了，您請回吧。」

「……」

楚雄閉上眼，揉了揉眉心，呵呵一笑，再睜開眼時，眼角眉梢帶笑，目光精銳逼人。

他彎下身子，直直看入她的眼。

「妳怎麼知道我是假的？」

柳惠娘冷冷地看他。「鎮上馬車的租金行情都是固定的，牛車五錢，驢車十錢，馬車十五錢。」

「我算便宜一點，不行？」

「沒聽過楚家商行的護衛，還兼差當車伕的。」

他意外地挑眉。「妳知道我？」

「不知道，我認衣裳。」

原來是他這身騎裝露了餡。

「我叫楚雄。」

她面無表情，只除了一雙戒備的眼，楚雄卻覺得有意思極了，他第一眼瞧見她，就看上她了。

若是擱在以前，看上了，他就搶回去，但現在不行，他改邪歸正了。

本以為自己布個局，製造機會，來勾引美婦人，讓她自己上鈎，現在卻發現，她可不如外表那般天真好騙。

這女人聰明得很。

不過，他人都來了，要他打道回府是不可能的。

楚雄俐落下馬，在她全神戒備的眼神下，直接去搬貨。

「你做什麼？」

「搬貨。」

「你想搶？」

「說實話，我比較想搶人。」他臉在笑，但銳目逼人，直看得柳惠娘心驚膽戰。

「你、你敢！」

「妳說呢？」

他笑得一臉痞氣，此時四下無人，他若真要對她做什麼，她恐怕逃不了。

這男人很危險，他盯人的目光像隻狼，令柳惠娘起一身雞皮疙瘩。

柳惠娘後悔極了，不該讓驢二先走的，這下如何是好，逃是逃不遠的，只能智取。她唯一的武器，是藏在髮上的一根針，上頭塗了麻藥，她隨身攜帶，就是用來防身的。

楚雄把貨物全搬到馬車後，便上了馬背，對她笑著命令。「上車吧。」

她沒動，只是抿著唇瞪他。

「真不要貨物了？還是妳不想坐馬車，想與我共騎一匹馬？」最後一句說得曖昧。

柳惠娘握緊了拳頭，猶豫一番後，自己上了馬車。「麻煩您了，家裡婆婆、孩子還在等我回去吃飯呢。」

既然逃不了，又不想丟下這批貨，不如見機行事。

楚雄勾唇，揮著鞭子，策馬啟程，載著她一路往杏花村去。

這一路上，楚雄沒有對她行不軌之事，而是真的幫她載貨回村。

快到杏花村時，路上遇見了村人。

柳惠娘掀開車簾，大聲吆喝揮手。

「王叔——」

「咦？這不是柳娘子嗎？」

「您撿柴回家啊？正好，我租了馬車，才十個銅錢，好便宜的！快上來，載您一程。」

王叔聽了一喜，背上揹著當柴的樹枝挺沈的，能搭個便車當然好。

「這麼便宜！真是趕巧了，當然好！」

「……」車伕楚雄，一陣無語。

他以為美婦人只會躲在馬車上不出來，避人耳目，哪知他又看走眼了。

「哎喲，這不是麻子她娘嗎？您腿腳不好，別走了，快上車，我今日租了馬車！」

「哎呀，這怎麼好意思？」

王叔探出頭來補充。「不用不好意思，才十個銅錢！」

接下來，村口鐵匠家的孩子、上山摘野菜的大嬸、鄰居家的姊弟……柳惠娘一路抓人，最後整輛馬車足足擠了七個人。

「……」車伕楚雄繼續無語，他想了想，突然悶聲笑出，接著仰天大笑。

麻子她娘好奇地掀開車簾，問道：「這位小哥，您笑什麼呀？」

楚雄轉頭對她笑道：「嬸子坐好了，小心別摔下。」

麻子她娘瞧清了他的長相，驚呼道：「哎呀！這位小哥長得真好看呀！」

楚雄咧開了笑，竟與麻子她娘聊起家常來了。

柳惠娘在車裡撇撇嘴，她拉了那麼多人上車，就是存心刁難他，好叫他知難而退，別打她的主意。

有了一車子的人作陪，進村時才不會讓人起疑，否則她一個婦人坐著年輕男人的馬車回來，萬一被有心人傳出什麼閒話，很容易生是非。

村人搭了便車，到了柳家前，大夥兒便自動地幫忙把貨物搬進屋子裡，禮尚往來。

楚雄離開時，看了柳惠娘一眼，她正在跟鄰人說話，絲毫沒看他。

楚雄笑了笑，策馬離開，這時候柳惠娘才轉過頭來，瞧著馬車遠去，心下悄悄鬆了口氣。

這事過了幾日，柳惠娘便拋諸腦後，她原以為不會再見到楚雄了，畢竟當日大夥兒都在，他既然是平鎮上楚家商行的護衛，總不至於大老遠跑到他們杏花村來吧？

如同楚雄小瞧了她，她也小瞧了楚雄，更小瞧了自己在他心目中的地位。

午飯過後，村裡的婦人或姑娘們會相約到河邊洗衣裳，柳惠娘也不例外。

這一日，她與村中的婦人們一起到溪邊洗衣，卻突然聽到有人談起楚雄。

一如男人愛嬌，姐兒也愛俏，也不知誰起的頭，話題繞著楚雄轉，說他身高體壯，長得又不賴，上回村長帶著女兒到鎮上，遇到地痞流氓，被楚雄打跑了。

村長的女兒是個藏不住話的，遇上這種英雄救美之事，回到村裡後，告訴其他村姑，這事就這樣傳開了。

柳惠娘只聽不聊，心下卻不予置評。

英雄救美？那人就是個色胚，她都懷疑這事是不是他故意布的局？

柳惠娘喜歡斯文人，像楚雄這種五大三粗的，她沒興趣，不管大家怎麼聊，她只會安靜地聽，偶爾附和幾句，表示參與。

話多是非也多，柳惠娘深諳此理，村裡總有幾個比較強勢又愛帶風向的婦人，例如黃大嬸。

黃大嬸人不壞，但性情好強，說話嗓門大，柳惠娘平日就會做些人情，跟黃大嬸家打好關係。

「黃嬸啊，妳家阿秋要滿十五了，聽說妳在給她物色女婿？」養豬的王嬸對她打趣道。

村裡的男人大多是莊稼漢或獵夫，大家都知根知底，條件就那樣，哪有楚雄好？楚雄可是楚家商行的護衛，再往細了說，是受楚家大爺重用，又親賜楚家姓的護衛，前途一片看好。

黃大嬸聽了，呵呵笑道：「人家條件好，哪會瞧上我家阿秋？真要娶，也會找平鎮的姑娘。」

杏花村的姑娘都是村姑，嫁的也都是莊稼漢，少數幾個有福氣的，可以嫁到鎮上去。

說到少數，她們當中就有一個。

「若我家阿秋有惠娘漂亮，說不定就有機會了。」

柳惠娘心中一跳，面上保持自然，笑呵呵地推了黃大嬸一把。「討厭啦黃嬸，這麼打趣我，說來我運氣好，嫁給我家相公，我就喜歡斯文人。」

她面上樂呵呵，卻是下意識就想把自己跟這話題撇開，藉此昭告眾人，她只喜歡斯文人，對楚雄這種雄壯威武的敬謝不敏。

說到斯文人，柳惠娘那相公生得是真斯文，說話客客氣氣，舉手投足都像城裡來的，十分與眾不同。

他們杏花村就出了吳子清這麼一位讀書人，十五歲考上秀才時，整村村人都來共襄盛舉，鞭炮放了整整一條街。

眾人都很羨慕柳惠娘不必嫁給莊稼漢，不必下田，頂多做做家務，出來跟她們一起洗洗衣物，因此到現在還能保持白皙的肌膚。

話題很快又拉回楚雄身上，柳惠娘對那男人沒興趣，加上衣物不多，迅速洗完後，便端著木盆站起身，跟眾人告別，往自家走去。

從溪邊到自家的路上，走的是田梗間的小路，這條路她走很多次了，很安全，路上還會跟田裡的村人打招呼。

她抱著木盆，嘴裡哼著歌，瞥見前方的身影時，猛然一僵。

楚雄高大的身軀從前頭走來，驚得她頭皮有些發麻。

他怎麼來了？

柳惠娘左右張望，見田梗間有村人在忙，她鬆了口氣，光天化日之下，她就不信他敢對她做什麼。

很快的，柳惠娘將為自己天真的想法悔恨不已。她大著膽子繼續往前走，在經過他身邊時，忽然腳下被什麼東西絆住，一個趔趄，跌進他懷裡，楚雄順勢抱住她，一同滾落田梗裡的乾稻草堆中。

第二章

柳惠娘想尖叫，小嘴被大掌摀住。

「噓……」楚雄的呼吸吹在耳邊。「妳想讓大家跑過來看怎麼回事？我是不介意，就怕妳介意而已。」

她驀地停止掙扎，一雙眼憤怒瞪向他。

楚雄見她不吵了，便鬆開她的嘴。他知道她是個聰明的女人，這時候必然比他更不想驚動他人。

「放開。」

她想離開，但腰間的手臂圈得很緊。

他沒放，對她笑道：「上回人多嘴雜，咱們沒機會好好聊聊，今日機會難得，咱們趁此把話說清楚。我今年二十有三，尚未娶妻，上無父母，下無兄弟姊妹，一人獨戶，家有田產，鋪子兩間，身強力壯，無不良嗜好，妳還想知道什麼？我都會回答妳。」

柳惠娘冷冷說道：「我今年二十有一，是吳家媳婦，與丈夫恩愛，有個可愛的兒子，喜歡斯文的讀書人，討厭五大三粗的男人，平日相夫教子，立志當個賢妻，對紅杏出牆沒興趣，別人敬我一尺，我敬他一丈，若是惹到我頭上，那就要小心我的牙。」說完一口狠狠咬上他的手臂。

楚雄「嘶」的一聲，她乘機掙脫，一邊瞪他，一邊把撒翻的衣物撿回來。那股狠勁活似一隻母狼，隨時可以跟他拚命。柳惠娘撿回了衣物，便頭也不回地跑走。

楚雄舔著手臂上的血，目光如狼地盯著她的背影。

他第一眼看到她，就得了眼緣，生了親近之心，知道她是他人之婦，原本也只是想逗逗她而已，藉著送美人婦回家的機會，跟她說說話罷了，誰想到這一接觸，竟發現她不如表面那般溫順好欺，這婦人不但狡黠聰明，還很潑辣大膽，這可觸到楚雄的癢處了。

這心一癢，就癢了好幾日，每晚睡在床上，腦子想的就是她刁蠻狡猾又得意的樣子，讓他有些孤枕難眠，夜裡還得起身沖個冷水，把身子裡那股慾火給澆熄才睡得著。

壓了幾日的心思，今日趁著休沐，他又專程來找她，不但沒解癢，還更喜歡了。

楚雄暗恨可惜，怎麼就嫁人了呢，若是當年，他哪裡管她嫁沒嫁人……

那日之後，柳惠娘出門必要找人作伴，出門時還帶著柴刀，連晚上睡覺也要把柴刀藏在床邊才能安心。

楚雄沒再出現，柳惠娘從其他人那兒聽說楚家商隊送貨去了京城，這一去一回，至少要半個月，聽說商隊還要從京城轉到別處城鎮，那就不只半個月了，起碼要兩個月。

柳惠娘再度鬆了口氣，起碼這兩個月可以不用抱柴刀睡覺了。

今日聽了好消息，她心情好，而當她聽村長說城裡來了書信時，更是驚喜交加。

每個月信使都會來村裡一次，把書信交給村長，她從村長那兒拿了丈夫寫來的家書，雙手把信捂在胸口上，當著眾人笑鬧打趣聲中，羞著臉，匆匆回家看信去。

進了屋，關上門，她坐下來，迫不及待地拆信，視若珍寶地將信紙抽出來。

會試在即，日夜苦讀，平安勿念。

信中只有短短的十二個字，令她眼中的熱意逐漸冷卻，沈默許久。

相公中了舉人後，便決定去京城準備三年一次的會試。婆婆將田地賣了換錢，讓相公帶去京城花用。第一次會試落榜後，相公繼續留在京城，準備三年後捲土重來，她則在村裡繼續照顧婆婆和兒子。

她與相公已經三年未見，全靠每月一封的書信，一解相思之苦。

柳惠娘又看了許久，便將書信收好，從抽屜裡拿了另一封寫滿字的書信。

這是相公剛離家時，寫來的第一封家書。

公公過世後，婆婆也病倒了，兩老都叮囑她，不要告訴相公，免得他記掛，京城物貴，相公來回一趟奔喪，除了花錢、花心神，還會影響他備考。

全家把希望和金錢全部投在相公身上，不能有閃失。

她聽公婆的話，在信中只報喜不報憂。

婆婆臥病在床後，日漸枯老，腦子已不記事，她坐在床邊，和顏悅色地將書信內容唸給婆婆聽。

婆婆不識字，兒子也才五歲，不會知道這一年來，信件內容大多都是她自己加油添醋編出來的，他們聽了高興，她也省心，何樂而不為？

不管高興或不高興，日子都得過，那就開心地過吧。

兩個多月過去，柳惠娘早把楚雄這個人拋到九霄雲外，直到他又出現在自己面前。

這一次比上次更過分，他直接將她堵在後院牆角。

「妳與他三年未見了吧，跟個書生有什麼用？他若是一直不中會試，妳是不是就一直守活寡？

「別急著咬，先聽我說完，妳若肯離開他，跟了我，我一定不會讓妳獨守空閨——」

「這邊咬過了，換地方咬吧，妳要知道，能咬到楚爺且安然無事的人，只有妳一個。」

柳惠娘簡直氣急敗壞，她雖然長得不錯，但也沒有美到讓男人如此惦記的程度，何況她平日忙家務和照顧婆婆、兒子，根本沒空閒打理自己，像現在她頭髮凌散，一身邋遢，身上還有幫婆婆把屎把尿的騷味，還能讓他盯直了眼，似惡虎撲羊一般。

這樣他也吃得下去？簡直禽獸不如！

「你敢碰我，我就自盡！」

「別衝動，我沒想今日碰妳，只是先跟妳商量，好教妳知曉我的心意，要碰也會等咱倆洞房花燭夜，不過若妳願意，也不是不能提前——唔！」

她的回答是拳打腳踢，外加指甲抓、嘴巴咬，看這情況是不願意了。

把話帶到，表明心意後，楚雄離開前，還笑咪咪地將她鬢角的一絲頭髮捋到耳後。

「妳考慮考慮，我下次再來看妳。」說完便出其不意地吻她，然後舔舔嘴角的血，帶著佳人贈送的新傷，輕功一躍，直接翻牆走人。

人雖走了，男人的氣息和溫度尚在，還有留在柳惠娘心中的陰影，驚悸懾人。

她很害怕，她不怕空閨寂寞，不怕守活寡，唯獨怕蜚語殺人。

寡婦門前是非多，隔壁四井村的朱寡婦就是受不了鄰人的搬弄是非便上吊了，留下一對兒女到現在還受人欺辱鄙視。

公公去世，丈夫長年不在家，家裡沒個作主的男人，婆婆又臥病在床，潤哥兒才五歲，她若是被人傳出什麼不潔，全家人都蒙羞。

得想個辦法！

當天晚上，為了預防萬一，她搬去婆婆屋裡睡，理由是想更好地照顧婆婆，其實是怕那姓楚的色心一起，晚上跑來找她，所以要找個人壯膽。

哪知此舉把她婆婆給感動得掉下眼淚，握著她的手說：「本來娘是打算等子清回來才拿出來的，但現在娘決定交給妳，好好收著。」

看著手裡的兩塊金條，柳惠娘差點沒把眼珠子瞪得凸出來，所幸她夠鎮定，回以淚光閃閃。

「娘放心，我一定為相公好好收著。」

婆婆什麼都好，就是太吝嗇，都病成這樣了，還把金條藏起來捨不得花。

三日後，婆婆在睡夢中走了。

把婆婆的後事辦完後，柳惠娘決定上京尋夫，這天上掉下的兩塊金條，正好當路上的盤纏。

天氣晴好，黃曆上，今日大吉，宜遠行。

柳惠娘揹起了包袱，回頭望了破舊的家宅院子一眼。

景物依舊，人事已非。

「娘。」

她低頭，潤哥兒正仰著小臉望著她。

兒子的眉眼長得像她，漂亮的大眼睛水靈靈的，柳惠娘溫柔地握緊兒子的手。

「咱們走。」關上大門，母子兩人上了停在門口的馬車，吩咐車伕啟程，前往平鎮。

她帶的東西不多，包袱裡只有一些換洗衣物和乾糧，兩塊金條和碎銀全部縫在內襯裡。

她在，金條在；她亡，金條……那就隨便吧。

這次離開，她是不打算再回杏花村了，這裡的鄉親鄰里成天東家長西家短的，是非多，眼界小，柳惠娘不是很喜歡。

她打開車窗，朝外望去。

京城的路太遠，跟著商隊走才安全。在平鎮，就數楚家商行最有名望也最穩妥，雖然可能會遇到姓楚的，但她就不信，混在一堆人之中，他敢對她做什麼。

車隊將從平鎮出發，他們這趟便是趕去集合的。

越是接近平鎮，從附近各村來的馬車越多，大夥兒的目的一致，全都衝著楚家商行去的。

楚家商行養了一群強健的私人護衛，這些護衛都有功夫，還跟土匪強盜打過架，跟他們走，雖然要花點銀子，但好處是可以分享人家的護衛。

柳惠娘仔細斟酌過，自行上路，能省下不少銀子，但他們孤兒寡母的，路上遇到土匪就完了，到時命都沒了，留著金條銀子有個屁用，跟著楚家商行，路上才有保障。

楚家商行前頭的大廣場排了一整排馬車，那拉車的馬兒都是北方健壯的好馬，車子是結實寬大又耐用的好車。

楚家商行的管事正指揮眾人將貨物搬上馬車。商行護衛人高馬大，身上穿著訂製的勁裝，一看就很有派頭。護衛們來回巡視，雖然人多事雜，卻有條不紊，雜而不亂。

各地百姓趕來的馬車排了一排，都是向商行繳了銀子掛了號的，準備跟著車隊一同上京。

柳惠娘的馬車是最後幾輛到達的，前頭的空地都被其他馬車佔去了，他們這輛車便停在最外圍。

車伕牛二趕緊去報到領牌子，柳惠娘讓兒子在車上等，她下了馬車在附近尋黃大嬸一家。

黃大嬸的大女兒和大女婿都在京城，因此夫妻兩老帶著小女兒阿秋準備進京探望大女兒，柳惠娘打算這一路上與黃家作伴，彼此有個照應。

柳惠娘四處張望，終於看到黃大嬸家租用的馬車，正要上前去打招呼，卻好死不死的，隔著人群，與楚雄的目光在空中交會。

她神色一變，「咻」一下，閃入人群裡。

想躲？

楚雄瞇著眼，雖只是千分之一的眨眼間，但他很確定自己沒看錯，那是柳惠娘。

「去把這次車隊的名冊拿來。」

在他的吩咐下，一名手下去向管事拿來登記的簿子。

簿子翻開，上頭陳列各家登記的名字和繳納的銀子，這些都是掛了號要跟著車隊上京的百姓。

楚雄快速掃過，果然找到了吳柳氏。

柳惠娘的丈夫姓吳，因此吳柳氏就是柳惠娘。

楚雄不動聲色，將簿子丟回給手下，拿去還給管事。

「雄哥，怎麼了？」

「看到一隻兔子。」

「兔子？」洪鐵驚訝，左右張望。「在哪兒？」

楚雄低笑一聲。「那兔子麻溜得很，跑了。」

他口中的兔子，不是別人，正是柳惠娘，而且是一隻會咬人的美人兔。

想到她，他舔了舔唇。那一日，他壓著她親嘴，滋味可甜了，後來吳家老太婆過世，村人走動多，為了避免隔牆有耳，他便暫時沒去找她。

本來打算這次出行回來後，再去找她談談，沒想到她竟自投羅網。

村裡人都以為柳惠娘性子軟，溫和賢淑，只有他知道，這女人凶起來跟隻母老虎一樣，夠勁兒！

楚雄露出笑，這一路上不寂寞了。

「惠娘，怎麼了？」

黃大嬸奇怪地看著柳惠娘，柳惠娘突然鑽進他們的馬車裡，把他們嚇了一跳。

為了掩飾自己的尷尬，柳惠娘笑笑地說：「我來看看大嬸有沒有什麼需要幫忙的？」

「妳太客氣了，咱們家當就這些，也沒什麼需要打理的。」

「難得一起同行，我就是來打個招呼，這一路上能跟嬸子一家人作伴，我這心也踏實多了。」

黃大嬸笑道：「最高興的是咱們阿秋了，她嫌咱們兩老悶呢，這一路上可有人陪她說話了。」

小女兒阿秋在一旁附和。「可不是？有惠娘姊姊陪我說話，總好過聽爹娘嘮叨。」

這話惹來黃大嬸笑罵，阿秋躲到惠娘身邊，咯咯地笑著。

「對了，潤哥兒呢？」

「今日起得早，還睏著呢，我讓他在馬車裡睡一下。」

柳惠娘一邊與黃大嬸說話，一邊從車窗往外瞟。

確定沒看見楚雄的身影，她便藉故回去看兒子，與黃大嬸一家道別。下車時，又左右看了看，然後快步鑽回自家租來的馬車裡。

誰知馬車內是空的，本該在車內睡覺的兒子竟然不見了。

柳惠娘驚得花容失色，匆忙下了馬車，車伕尚未回來，她只好急急抓著附近的人問，可有瞧見五歲的男孩？

兒子是她的命，若有個閃失，她會瘋掉的。

她正急著到處找兒子時，身後傳來一聲——

「娘！」

柳惠娘心喜轉身，循聲望去，嘴邊的笑容一僵。

潤哥兒騎在楚雄的肩膀上，小臉興奮地向她揮手。「娘，我在這裡！」

柳惠娘只覺得呼吸有些困難，同時感覺到周遭投來的目光。兒子這一喊，不引人注目都難。

她深深做了個吐納後，快步上前，迎著兩人而去。

「臭小子，不是叫你好好待在馬車裡嗎！」先是訓了兒子一頓，接著朝楚雄欠身致歉。「我兒子頑皮，給楚爺添麻煩了，還請您別見怪。臭小子，還不快點下來，人家楚爺不跟你計較，你別不懂事！」

楚雄心下「嘿」了一聲，這女人能屈能伸，明明人後恨他恨得要死，人前還能無事似的裝笑，對他表現得既謙卑又感激，還能泰然自若地對兒子罵罵咧咧的，絲毫不見任何異樣。

越是了解她的性子，他越是喜愛。

楚雄咧開了笑。「不麻煩，潤哥兒聰明伶俐，很討人喜歡。」

「您客氣了，不怪罪他就好。」說著瞪了兒子一眼。「還不快下來？人家楚爺心胸寬大，不跟咱們孤兒寡母計較，但咱們不能得寸進尺！」

見娘親生氣了，潤哥兒縮了下頭，正要乖乖下來，卻被楚雄給按住腿。

「你家的馬車在哪？楚叔帶你過去。」

柳惠娘想阻止，但蠢兒子已經抬手指向自家馬車。「在那！」

楚雄笑咪咪地越過她，朝他們的馬車走去。

柳惠娘心中咒罵他奸詐，面上還得做做樣子跟在後頭。「我這兒子從小被他爹慣壞了，小時候就愛騎在他爹肩膀上，看到叔叔伯伯友善，就想騎著玩。」

這話不過是故意說給旁人聽的，好教大家知曉，今日這一齣，全是因為兒子頑皮，大家沒事別想太多。

楚雄帶著潤哥兒來到他們租用的馬車，車伕已經回來了，見到楚雄和潤哥兒，有些詫異，趕忙恭敬上前哈腰。

「楚爺。」

馬車車伕是平鎮人，自是知曉楚雄這號人物。

對他們這些小老百姓來說，楚雄積威已深，這位爺殺過人的，土匪都忌憚他，更何況是他們這些手無寸鐵的小老百姓。

楚雄沒立即把潤哥兒放下，而是讓他繼續騎在自己的肩膀上，上下打量這輛馬車，不禁皺了眉頭。

馬兒太老，車子太簡陋，路上若是遇到土匪搶劫，先死的就是這種馬車。再打量車伕，上了年紀的老頭子，跟馬兒一樣老，逃命都是墊後給人當盾的。

楚雄轉頭看了柳惠娘一眼，這女人站得遠遠的，一副謙卑的模樣，心裡防著他呢。

他想要她，但不是現在。

楚雄將潤哥兒放下，摸摸他的頭，轉身離開。

見他終於走了，柳惠娘大大鬆了口氣，把兒子抱進馬車。本來她打算這一路上儘量不露臉的，馬車這麼多，人又雜，楚雄要照應那麼多輛車，應該不會發現她，卻沒想到一來就被眼尖的他瞧見了。

柳惠娘為此十分鬱悶，但又安慰自己，路上同行的人這麼多，他有差事在身，總不至於對她做出什麼，她只要小心點就好。

「娘別生潤哥兒的氣。」五歲的潤哥兒會看大人的臉色，見娘親眉宇含憂，以為她還在生他的氣。

柳惠娘見兒子可憐兮兮地討好，心頭一軟。五歲的孩子哪裡知道大人的煩惱，又怕兒子藏不住心事，不敢將楚雄的事告訴兒子，免得露出什麼破綻，傳出去給人知曉就不好了。

「乖兒子，以後別亂跑，娘會擔心，知道嗎？」

「知道了，娘。」潤哥兒其實沒亂跑，他睡醒後發現娘不在，就自個兒下馬車在附近看看，哪知突然兩腳懸空，被人抱高高。

「潤哥兒，我是楚叔叔，你娘呢？」

這不是潤哥兒第一次見到楚雄，在村裡時，兩人就見過面了。

潤哥兒正值需要爹爹的年紀，別人有爹爹陪，他卻沒有，而這時候楚叔叔出現了。他長得又高又壯，單手就能將他舉起。

在村裡時，娘不在，楚叔叔來找他玩，常常將他舉高高，讓他騎在肩膀上，還說這是兩人的秘密，叫他別說，如果被娘知道了，肯定不高興他騎在別人頭上。

適才娘看到他騎在楚叔叔肩上，果然生氣了，因此他更不敢讓娘知道自己常和楚叔叔玩。

潤哥兒很喜歡楚雄，他每次來村裡，就會塞些小玩意兒給他，有時候是一塊糖或一塊糕，有時候是草編的小玩具，因此兩人越混越熟，他對楚叔叔就沒了防備心。

像他這年紀的男孩，整日精力旺盛，最需要一個玩伴，爹又不在家，娘親雖然也會陪他玩，但哪及得上楚叔叔好玩。

楚叔叔力氣大，會帶他飛高高，從這棵樹跳到另一棵樹，從這屋頂飛到另一個屋頂。掏鳥窩、抓兔子，有數不盡的遊戲哩！

「娘，咱們很快就會見到爹嗎？」

「是啊，等到了京城，咱們一家三口團聚，就再也不分開了。」

其實這次上京，柳惠娘心裡是有些慌的。

在婆婆去世前，她曾寫了封信告知丈夫去京城的意願，尚未收到丈夫的回信，她卻等不及了。

婆婆走了，家中只剩他們孤兒寡母，楚雄再無顧忌。

為了躲開楚雄的糾纏，婆婆的後事一辦完，她立即帶著兒子上京找丈夫。

雖然被楚雄發現了，但柳惠娘不怕。楚家的商譽很好，這麼多雙眼睛瞧著，她就不信楚雄敢冒險來招惹她，楚家可不允許手下恃強欺弱。

馬車行駛了半日，領隊派手下來宣布，休息半個時辰，讓馬兒吃草喝水，大夥兒也趁這時候去解手。

柳惠娘帶兒子去附近林中解決，她還多了個心眼，找黃大嬸和阿秋一起去，回來後，大夥兒的馬車都停在附近，就著涼爽的樹蔭，鋪了塊布，席地而坐，一邊吃著乾糧，一邊聊天。

大夥兒都要上京城辦事，有什麼事，路上也希望可以彼此照應，這時候就看得出誰跟誰是一夥兒的了。

人以群分，都是窮鄉僻壤的村子裡出來的平頭百姓，自然混在一起，說的話題也搭得上。而另一頭，則是住在平鎮，家中較殷實的富有人家，穿著打扮講究，馬兒結實，還有僕人伺候，連解手都自備恭桶。這些身分相當的人家，自然聚在一處。

大夥兒聊著這回去京城的目的，有的說要找親戚，有的說去進貨，有的早去過京城。沒去過的人，便向去過的人打聽京城的情形，柳惠娘第一次上京，自然聽得專心。

大夥兒正聊著，突然傳來人群騷動聲，隨即聽人喊道——

「有人落水了！」

第三章

許多人的休憩處靠近河邊，汲水也方便，不少人往河邊移動，柳惠娘和眾人聽了，也跟著去瞧究竟。

「誰落水了？」

「有孩子玩水，不小心掉下去了！」

眾人擠在岸邊七嘴八舌，一對夫婦在岸邊哭喊，想來應是孩子的爹娘。

沒多久，就見一名男子抱了個孩子上岸。

「是楚爺！」

有人驚呼，大夥兒這才看清，救那孩子的男人是楚雄。

孩子的爹娘哭著跑上前抱回孩子，向楚雄連連道謝。楚雄擺擺手，渾不在意地擰乾濕掉的上衣。

三月時節，河水還是很涼，就算是大人泡在溪水裡也是吃不消的，但對他來說，好似一點也不覺得冷。

柳惠娘抿了抿嘴，原來這個色胚也懂得見義勇為。

附近幾個姑娘們竊竊私語，柳惠娘轉頭看去，就見那群未成親的姑娘們紅著臉，低聲談論著楚雄，那眼神彷彿在看英雄似的。

柳惠娘順著她們的目光再瞧過去。陽光下，男人將濕掉的上衣脫下，赤裸著上半身，身上的水珠閃閃發亮；男人的胸膛線條結實有力，好似蘊藏著一股如猛豹般的力量。

濕淋淋的頭髮被他一甩，顯得狂野不羈。

性格死了！

幾個姑娘忍不住低呼，引得柳惠娘再轉頭看去，就見她們一個個眼帶桃花，雙眸含春。

柳惠娘暗暗翻了個白眼。

她乘機教導兒子。

「瞧，孩子沒聽大人的話，跑去河邊玩耍，才會不小心落水。」

先前兒子也想去玩水，幸虧她沒答應，便趁這機會給兒子說道說道。

潤哥兒面上乖乖點頭，其實眼神有點飄忽。楚叔叔說得對，絕不能讓娘親知道楚叔叔曾帶他泅水。

柳惠娘對兒子說教時，楚雄突然朝這裡看來。

「哎呀，他往咱們這裡看耶！」

「他在看誰呢？」

姑娘們小鹿亂撞地互看彼此。

「這還用說，他一定是在看玉蘋姊。」

陳玉蘋是陳員外的大女兒，家裡開茶鋪，也是平鎮裡公認最漂亮的姑娘。平鎮比杏花村富裕多了，這些姑娘都是在平鎮長大的，自小玩在一處。

她們是沒注意到柳惠娘，若是兩人一比較，柳惠娘的相貌一點也不輸給陳玉蘋。柳惠娘雖然沒唸過多少書，識字也是跟丈夫學的，但她深知紅顏薄命的道理，自然懂得藏拙，這次出行，她就是把自己打扮得像一個糙婦人。

「才沒這回事呢，別亂說。」陳玉蘋端著矜持的架子，心裡卻也認為楚雄看的是她。

怎麼可能不看她呢？眾多姑娘裡就數她長得最好看。她十六歲了，爹娘一直在幫她物色對象，本來看上了布莊掌櫃的兒子，可現在見到楚雄，她有了自己的主意。

布莊掌櫃的兒子可沒楚雄這般雄壯威武，也沒他好看，若是能嫁給楚雄，肯定讓其他姑娘們羨慕。

楚雄的目光穿過眾人，精準地鎖住柳惠娘的身影，見她瞧也沒瞧自己一眼，就牽著兒子走人，他本要收回目光，卻不經意注意到陳玉蘋的眼神。

他當然知道陳玉蘋，平鎮裡公認的美人，弟兄們喝酒說渾話時，最喜歡聊的就是這女人，跟他睡同一張大鋪的洪鐵，還放話說早晚有機會把這女人勾到手。

楚雄哪裡看不出來，這妞兒眼含春色，她這是瞧上自己了？

楚雄嘴角勾著笑，可惜他不好這口，他中意的，是那個從不正眼瞧他的柳惠娘。

想到那女人小嘴嚐起來的滋味，又軟又甜，令他回味再三，意猶未盡。

那隻狡猾又潑辣的小兔子，才對他的胃口呀！

想當初在飯館時，他第一眼就瞧中了柳惠娘，她的相貌、她的腰臀，她全身上下包括每一根毛髮，都剛好符合他的審美觀。

與她接觸之後，他發現這女人連潑辣的倔脾氣都很對他的胃口，讓他不得不上心。

可惜唯一的缺點，是她已經有了相公。

不過沒關係，嫁了人也可以和離，他雖然不是她第一個男人，但可以當她最後一個男人。

楚雄原本在人前的形象就好，經過這次的落水事件，大夥兒就更稱讚他了。

黃大嬸的女兒阿秋提到楚雄，也是雙目發亮。

「楚爺不只功夫好，水性更是好，據說他在水中能閉氣很久呢！」

柳惠娘興趣缺缺，聞言不語，卻注意到兒子興奮的小臉，似有話要說。

潤哥兒本來要附和阿秋的，但一瞟見娘親的目光，立即裝傻。

柳惠娘一直以為兒子蠢，其實他精得很呢。

小姑娘對情愛總是抱著期待，講到楚雄時，雙眼發光。下個月阿秋就滿十五了，黃大嬸他們這次上京，就是希望阿秋也能像她姊姊一樣嫁到城裡去，那多體面啊！

黃大嬸也覺得楚雄條件好，嘆了口氣。「也不知他會娶哪家的姑娘？」

黃伯道：「他是楚家商行的護衛，又受楚家老爺重用，肯定是娶楚家的丫鬟。」

「那可不一定，我聽說他跟楚老爺說了，要娶自己看上的姑娘呢。」

「他看上誰了？」黃大嬸好奇地問。

「我哪知？」

「就不知哪個姑娘被他瞧上，可有福氣了。他長得好，身高體壯，有田產有鋪子，條件可好了。」

一旁的柳惠娘心下嗤之以鼻。

別人覺得楚雄生得好，她卻覺得這男人一身匪氣，他的相貌和粗獷的身材，剛好都符合她最討厭的審美觀，而他五大三粗的性子，更是她最不屑的。

若不是她一個婦道人家帶著孩子上路太危險，加上沒有其他選擇，她也不會跟著楚家的商隊去京城。

商隊的休整時間結束，宣布即將啟程，各家馬車也趕緊收拾準備上路。

柳惠娘牽著兒子上了馬車，途中因為太累，稍微休息了一下。

她不過就是和兒子在馬車裡睡了個午覺，醒來時，打開車窗看看到哪兒了，卻不禁呆愣住。

他們的馬車本來是跟在商隊的車尾，現在卻被換了位置。

楚家商隊的排序是有規矩的，楚家車隊在前頭，大戶人家隨著繳付的銀子越多，跟車的位置就越往前。車隊中間是最安全的，前後都有楚家護衛，窮村子出來的百姓，繳不起太多銀兩，只能吊在車隊尾巴。

為了跟上車隊的行進速度，柳惠娘和黃大嬸他們捨去驢車和牛車，忍痛花銀子租了較貴的馬車。

大家都跟在車隊後頭，彼此有個照應，偶爾還能掀開車窗聊上幾句，可是現在車窗兩旁全是陌生的馬車，她還瞧見陳員外他們家的馬車。

她趕緊敲敲車板，詢問車伕。「牛伯，咱們的馬車怎麼開到這裡來了？」

「咦？姑娘不是補了銀子，讓咱們的馬車往前移了？」

「我沒——」她噤住，突然心中一動，將馬車左邊的車窗掀開，透過窗子，她瞧見了楚雄。

瞥見她的目光，楚雄轉頭對她咧開了笑。

她立即放下窗板，不用問，幫她補銀子的肯定是楚雄。

她很憤怒，隨即冷靜下來。這事不能聲張，還不能否認，因為若是引起別人注意，知道了楚雄對她的心思……

不行，這事若傳了出去，楚雄沒事，她有事，她可不想成為風尖浪口。

柳惠娘忍著怒，隨後想了想，馬車處在車隊中間的位置，的確是比吊在車隊後頭安全多了。

既然他嫌銀子多想當冤大頭就隨便他，這麼多雙眼睛看著，他又能把她如何？

想清楚了這事，她便不氣了，大不了這一路上都不開窗。

「娘，好香啊！」潤哥兒嗅了嗅，聞到了香噴噴的肉味。

兒子正是長身子的時候，一聞到肉味，睡意沒了，整個人都清醒了。

柳惠娘也聞到了，不禁擰眉，這時卻聽到車窗外傳來楚雄的聲音。

「潤哥兒，楚叔叔這裡有尤記的肉包子，要不要吃啊？」

潤哥兒最喜歡吃尤記老闆娘做的肉包子，聞言正要答應，被柳惠娘及時摀住了嘴。

她在兒子耳邊警告。「記得娘教你的嗎？不要隨便吃別人送的食物，天下沒有白吃的午餐，明白嗎？」

馬車外又傳來楚雄中氣十足的聲音。「剛才分肉包子給幾個孩子，還有剩下一個，給潤哥兒吧。」

柳惠娘咬了咬牙。她知道，若再推拒，恐怕會引起別人過多的關注，遂掀開窗板。

「既如此，多謝楚爺。」

柳惠娘低垂著眼，不看他，伸手去接，卻在接包子的時候，故意鬆了手。

忽然手一暖，她的手被男人的大掌包覆住。

「接好，別掉了，不然潤哥兒吃不到包子會哭的。」

楚雄一手握住她的手，另一手將及時接住的包子塞進她手裡，故意正經八百地叮囑。

柳惠娘燙手似的將手縮回去，放下窗板。

這個殺千刀的！

她本來想故意弄掉包子，大不了賠他一個包子的錢，誰知道自己低估了這男人的狡猾，包子沒掉，還被他佔了便宜！

柳惠娘氣得想把包子給扔了，但一見到潤哥兒可憐兮兮的表情，心中不忍，最後還是把包子遞給了兒子。

包子無罪，不能浪費了。

馬車走在官道上，三日後才會到達下一個城鎮，表示這幾日都會宿在馬車上。

傍晚，商隊來到一處臨水的空曠地後便停下，護衛騎馬沿路告知所有車輛，今晚就在此處紮營夜宿。

很快的，各家馬車紛紛去搶好位置。

有錢的人家物資準備充足，便開始搭帳棚，準備就地升火煮食。

楚家商隊顯然慣常走這條路線，知道哪兒有水源，適合夜宿搭灶升火。

靠近水邊的好位置都被佔去了，柳惠娘爭不過別人，也不想爭，就讓車伕將馬車停到一棵樹下，還分了一半的位置給黃大嬸一家。

兩家說好，晚上一起搭伙做吃食。

黃伯是男人，提水的差事交給他，黃大嬸準備搭灶升火，柳惠娘則和兒子負責去撿樹枝當柴，大家分工合作，省時省力。

柳惠娘牽著兒子正要去撿樹枝時，楚雄已經帶著一捆柴過來。

「黃老，這捆柴給你們用。」

黃伯和黃大嬸受寵若驚，趕緊起身道謝，楚雄擺擺手說不客氣，還跟他們聊了起來。

黃大嬸他們是見過楚雄的，上回他的馬車用十個銅錢租給了柳惠娘，路上還順道載了村人，黃大嬸當時也是搭便車的其中一人。

有了這層關係，加上楚雄一點架子也沒有，聊天時便熱絡了些。

柳惠娘在一旁氣悶，只覺得心口悔恨，人算不如天算，沒想到這廝藉此順杆子爬，與黃大嬸家熟絡起來。

楚雄聊了一會兒，沒看她，人便走了，她卻知道，楚雄是故意做給她看，就算她拉著黃大嬸一家作伴，他也可以跟他們混熟。

柳惠娘打定主意，暫且先忍著，待到了京城，就能遠離那個男人了。

這時阿秋剛好回來，知道適才楚雄來過，不禁扼腕。

她不過離開了一下，卻錯失與楚雄說話的機會。

黃大嬸朝她頷頭點了下，叫她矜持點，自家小女兒的條件如何，做娘的最清楚。依她看，楚雄眼光高得很，看不上她家阿秋的，還是到京城去找大女兒幫忙物色對象比較實際。

隔日，天微微亮，商隊就趕著上路，早飯都在馬車上吃。

柳惠娘有了昨日的大意，今早特意叮囑牛二把馬車靠後，緊跟著黃家的馬車。

接下來一路上為了避嫌，她牽著兒子緊跟著黃大嬸一家三口，商隊進入鎮上後，就算住店，她也是拉著黃大嬸他們一起，甚至還提出大夥兒一起住，租個大一點的房間，兒子和黃伯睡外間，她們三個女人睡內間，如此還能省下不少銀子。

黃大嬸一家三口聽到能省銀子，自然也很願意。

商隊走了十二天，大家一路作伴，路程中偶遇風雨，但沒什麼大問題，可以說是十分順利。

或許真是耳目眾多，楚雄又有自己的職責，這一路走來，倒是不敢明目張膽對她做出什麼太出格的事，加上柳惠娘的謹慎小心，從不讓自己落單，兩人倒也相安無事。

再三天就到京城了，商隊中的氣氛也因為隨著京城的接近而輕鬆起來，護衛們從先前的戒備森嚴漸漸放鬆不少，彼此的話也多了。

幾名護衛在休憩時，聊起到了京城後的打算。

有人相約去喝酒，有人手癢想去賭場試試手氣，當然更少不得去青樓找老相好，放鬆這一路來的緊繃。

從平鎮到京城這趟路，護衛們也不止一次出行了，資深的護衛存夠了銀子，還在京城買了間二進的宅子，在外頭金屋藏嬌，不給家裡婆娘知曉。

男人聊到女人，總是樂此不疲。宋敬是京城人，有門路探聽京城的消息，大夥兒要逛京城，跟著他就對了。

洪鐵把馬繩一扯，靠近楚雄這一頭，與他並進，附耳道：「宋敬說三個月前金鑲樓來了一批新的姑娘，個個水嫩，約咱們幾個去玩玩，去不？」

楚雄笑了笑。「去，怎麼不去？」

「行，我跟他說。」

洪鐵正要策馬離去，突然被楚雄拉住，回頭看他。「怎麼？」

楚雄的目光直盯著前方的山坡，神情轉為肅穆，眼神變得銳利，剎那間整個人如一頭蓄勢待發的豹。

與他相交甚深的洪鐵，也立即繃緊了神經。

他知道楚雄向來很有能耐，有些深藏不露，平日和他們哥兒們說笑打鬧，其實只是在人前有所保留，要不是上回自己跟著商隊走水路，親眼目睹楚雄潛入水中，神不知、鬼不覺地把水匪的船給鑿了，又一人在水中殺了十幾個水匪，不然護衛頭子就會由他來做。

他們這些護衛雖然在楚家商行做事，但是被楚家掌事大爺賜家姓的人，唯獨楚雄一人，由此可見楚家大爺對他的看重。

「有異狀？」洪鐵低聲問，只不過他左看右瞧，看不出任何異樣，但他相信楚雄，因為此人有如同野獸般異於常人的敏銳。

楚雄只丟了句話。「告訴他們，前方有埋伏。」

洪鐵大驚，立即策馬往前去通知護衛頭子楚浩，只是沒多久，洪鐵就氣急敗壞地回來。

「楚浩不相信，說他早派了探子去前方探路，沒發現任何異樣，叫咱們安分點，別嚇著他人。」

楚浩是楚家的遠親，因為親戚關係被提拔上來。但凡事業做大了，總會有家族親戚趕來投靠，久了便繁衍出枝節，以親拉親，建立各房勢力。

楚浩是楚家二爺那一支的親戚，護衛中以他馬首是瞻，自從楚家大爺提拔楚雄，並親自賜姓後，楚浩對楚雄就有了敵意，但在洪鐵看來，楚雄是懶得跟他爭位置，若要爭，楚浩肯定不是楚雄的對手。

楚雄嗤笑一聲。「行，隨他。」

洪鐵瞪大眼，正要脫口而出，隨即想到什麼，左右張望後，壓低了嗓子。

「就這麼不管？」

「他是老大，出事了有他頂著，叫弟兄們把命顧好。」

洪鐵聽懂了，楚浩是負責商隊安全的主事，就算出事了，也由他自己去收拾殘局，根本沒他們這些人的事。跟貨物相比，保命最重要。

「行，我偷偷去告訴其他弟兄。」

楚浩有一群拍他馬屁的跟隨者，楚雄自然也有信服他能力的追隨者，洪鐵要悄悄通知的就是這些人。

待洪鐵離去後，楚雄往身後瞧，商隊馬車排得老長，他負責中段的安危，故意把柳惠娘的馬車安排在他照看的範圍之內，就是為了以防萬一。

偏那女人太倔，不識好人心，要跟他反著來。

他護衛商隊多次，知道一旦遇襲，先死的便是那些跟在車隊尾巴的人。

有些悍匪可不是派幾個探子就能察覺的，山匪對地形的了解，也不是平日住在城鎮練個招式、耍刀弄槍的護衛能比得上的。

當車隊行經山坡時，在前頭領隊的楚浩也握緊了腰刀，提上十二萬分的警惕。雖然他怒斥了洪鐵，表面上對楚雄的提醒嗤之以鼻，但心底卻也提心吊膽。

當車隊經過山坡時，他的人馬不自覺安靜下來，眾人全神貫注，屏息以待，稍微有個風吹草動，就惹得眾人心驚肉跳，連其他跟車的百姓都察覺到這緊繃的氛圍。

直到通過山坡，沒見到任何異樣，楚浩才暗暗鬆了口氣。

平日跟在他身邊，以他馬首是瞻的幾名護衛，這時膽子也大了。

「嘖！有埋伏？浩爺，看來有人是把自己高看了。」

「可不是？不過是立了一次大功，被大爺重用，就把自己當回事了。」

楚浩看了他們一眼，淡然道：「大家都是為楚家賣命，想顧好這批貨，難免想多了些。」

言下之意，就是笑楚雄那夥人太膽小，猶如驚弓之鳥。

另一人道：「還是咱們浩爺不急不躁，有大將之風啊！」

其他人聽了，紛紛跟進讚美。

楚浩聽了耳根子舒坦，但面上仍端著架子。「大家都是好兄弟，離京城只剩幾天的路程，再撐一下，等到了京城，我請大家喝酒，輕鬆輕鬆。」

護衛們哄然笑著道謝，這幾日在外頭餐風露宿，都恨不得快點進京，好洗去一身塵土。

洪鐵等幾名護衛也受到取笑嘲諷，落了面子，原以為會有一場惡戰，卻什麼事也沒發生，連個鬼影子都沒瞧見。

洪鐵雖然意外，但他不怪楚雄。人有失足，馬有失蹄，再厲害的高手也難免有看錯的時候。

他本想去安慰楚雄，要他別在意那些人的冷嘲熱諷，正想該怎麼開口時，楚雄卻根本不需要他的安慰，反倒丟了一句話過來。

「告訴弟兄們，今晚別睡。」

洪鐵愣住，看著楚雄犀利冷銳的眼，知道他是認真的，不是開玩笑。

洪鐵原本在楚浩那夥人那兒受了鳥氣，心裡正堵著一口氣，這下子彷彿打了雞血似的興奮起來。

「知道了！」

還是那句話，他相信楚雄，今晚肯定有戲！

瞧洪鐵那一副摩拳擦掌、隨時準備提刀上陣的模樣，楚雄失笑了下。他回頭望著車尾，心想今晚他得護著兔子肉，可別被他人叼去了。

此刻，柳惠娘的心情十分輕鬆愉快，因為再忍耐三天，就到京城了。

大夥兒想法都是一樣的，因此今夜露宿外頭時，眾人心情特別愉悅，不少人熬夜話家長，不像先前為了保留體力都提早入睡。

柳惠娘哄了兒子去睡，自己卻遲遲沒有睡意，直到夜半三更時，才終於入睡。

土匪搶劫，有時挑的就是出其不意、對方最鬆懈的時候。

白日埋伏在山坡的盜匪一直按兵不動，畢竟若可以偷襲，何必硬碰硬？等獵物睡著了，他們再來收網。

柳惠娘就是在半夜的喊殺聲中驚醒的，她打開車門一看，感覺自己全身的血液都往上沖。

商隊遇襲了！

數不盡的土匪包圍車隊，一看就是有備而來。

柳惠娘蒼白著臉，將兒子緊抱在懷裡。馬兒受驚的嘶鳴聲、女人的尖叫聲、男人的喊殺聲充斥在四周，刀刃相交之聲不絕於耳。

受驚的馬兒難以掌控，開始亂竄，馬車與馬車的碰撞下，她和兒子乘坐的馬車被用力一撞，應聲而倒。

柳惠娘努力護著兒子，在一陣暈頭轉向後，她奮力從馬車裡爬出來，卻瞧見牛二躺在地上，身中數刀，死時還睜著眼。

柳惠娘呆了呆，忽然驚醒過來——

必須逃！不逃必死無疑！

天色太暗，四周混亂，她就著火光，抱著兒子躲進附近的草叢裡，眼睜睜看著他們租來的馬車被一名土匪拿火把燒得精光。

柳惠娘這時候才想起來，她忘了拿包袱。

母子兩人緊緊互擁，聽著遠處的廝殺聲以及哭喊聲。

這是柳惠娘這一生最緊張也最恐懼的時刻，她摀住兒子的雙眼和耳朵，悄悄遠離戰場，找個更隱密的地方躲起來。

可惜老天沒眼，他們藏得隱密，還是被發現了。

殺氣騰騰的土匪盯著她，他手上的火把，照亮了那一雙貪婪肅殺的眼。

第四章

柳惠娘原以為自己會恐懼得尖叫，但在瞧見男人眼底的淫慾時，她突然鎮定下來。

「這位大哥，你別聲張好嗎？只要你饒了我們母子，你要我做什麼，我都願意的。」

她不吵不鬧，軟聲軟語的哀求，將潤哥兒拉到身後，自己擋在身前。

土匪打量眼前的女人，又往後瞧瞧其他同伴。

只有他發現這個女人。

土匪搶劫除了搶財，還要劫色，這麼標緻的女人若是抓回去，便要交給老大，肯定輪不到他，不如他先找個地方睡了這女人。

他們做手下的，太久沒碰女人了，機不可失。

土匪上前抓住她的手。「妳安靜地跟我走，我就不殺你們。」

柳惠娘點頭。「只要你對我們母子好，妾身願意跟著你。」

有一句話楚雄說對了，柳惠娘看起來文靜乖巧，其實是一隻會咬人的小白兔。

土匪太多，她一個女子對付不了那麼多人，若是只對付一個的話……

男人抓著女人往更隱密的地方走去，途中遇到其他賊人，男人還叫她躲好，威脅地警告她不准逃，然後把其他同伴打發走後，又溜回來，抓著她繼續往林子裡去。

找了個隱蔽處後，男人就要對她行畜生之事。

「讓我先把孩子安頓好，求你。」柳惠娘雙手抵著他，小聲哀求。

男人有些迫不及待，但是睡一個聽話的女人，總是比掙扎的女人方便。

「快一點。」他不耐煩地催促。

柳惠娘將潤哥兒拉到另一邊，小聲對他說了些話。「在這裡等娘，娘等一下就過來。」

潤哥兒很害怕，但這時候他會聽娘的話，因為娘平靜的眼神，有安撫的魔力。

他乖乖點頭。

確定兒子答應她不會亂跑後，柳惠娘回到男人身邊。

弱女子有弱女子的好處，就是容易讓對方降低警戒心。

她不必跟男人拚命，她只要趁男人在脫她的衣裳時，往他頭上扎下去就行了，而且不能猶豫，要快狠準。

當她把壓在身上的男人推開時，那根針還插在男人的頭上。

柳惠娘為了自保，身上藏了不止一樣武器。這根針是她請鐵匠為她磨的，針頭做成髮簪的樣子，插在髮髻裡。

沒想到，真的用上了。

看著男人死不瞑目的臉，她有些發怔。

「嘖，看來不用老子出手了。」

當楚雄走出來時，柳惠娘才回過神來。

她呆呆地看著楚雄走到男人身前，蹲下來查看，從男人頭上抽出那根針，細細打量後，意味深長地看向她。

這娘兒們可真狠，居然準備了這種殺人利器，他懷疑這女人準備這東西，該不會是用來對付他的吧？

其實楚雄還真的猜對了，柳惠娘這根自衛用的簪子，還真是為他準備的。

跟其他歇斯底里受驚的女人相比，柳惠娘的表現算是優秀了，除了面色有些蒼白之外，她的反應算是十分鎮定。

「我殺人了。」她說。

楚雄勾起了痞笑。「他還沒斷氣。」拿出刀，往男人胸口用力一插，地上的男人身子抖了下，便不再動了。

「現在才是真的死了。」

他抽刀時，順便用對方的衣衫將刀上的血擦乾淨，然後站起身走向她，蹲在她面前。

他目光如炬。「下次別用自己的美色當餌，老子可是會吃醋的。」

她只是直直瞪著他。

「走！」楚雄將她從地上拉起來，她卻兩腳發軟，幾乎站不住。

「妳要是走不動，我很樂意扛著妳。」他曖昧地在她耳邊說。

因為他這句話，柳惠娘突然有了力氣，咬牙瞪他。

「我自己會走。」

她想到兒子，趕緊去找兒子，可是當她來到兒子躲藏之地時，卻沒見到人，只見到一地的屍體。

她臉色瞬間發白，幾乎要暈過去了。

「妳兒子在這。」

她猛然轉頭，瞧見楚雄抱著她兒子，她立即跑過去。

「他怎麼了？」

「放心，我點了他的睡穴，妳兒子一根頭髮都沒少。」

柳惠娘將兒子緊抱在懷，這才鬆了口氣。

抬起頭，正好對上楚雄盯著她的目光，她忽然心頭一緊。

此時左右無人，只有她一個弱女子和五歲的兒子，若是他趁此時對她意圖不軌……

楚雄挑眉，她的想法全寫在臉上了，她看他的眼神，就像看那些土匪一樣。

楚雄勾起嘴，往前走一步，她則立即退後。

「你想做什麼？」

「妳說呢？」

她抿緊嘴，全身緊繃。

「老子拚死拚活趕過來救妳，妳連句謝謝也不說，還瞪我？」

她愣住。

「如果妳肯乖乖聽話，讓馬車移到車隊中間，就沒有這些屁事了，偏妳不識好人心，硬是要跟在車尾，這下子活受罪了吧。」他突然將孩子抱過去，對她丟了句。

「走。」

她驚恐。「孩子還我！」

「抱著孩子妳能走多快？或者，妳是希望我抱妳走？」

她瞪他，他笑了笑，轉身大步走，這一次，她抿了抿嘴，趕緊跟上。

一拐過大石，她就愣住了。

地上躺著三具土匪的屍體，她看了不禁心驚。

很顯然，這三人是被楚雄殺掉的。

適才，若不是他殺掉這三人，即便她能夠僥倖殺掉一人，但絕對敵不過這三個男人。

其後果，可想而知。

她抬頭看向那男人，正好與回頭的他對上目光。

「走啊！難道妳真想要我抱妳？」

她深吸一口氣，大步向前，趕緊跟上他的腳步。

雖然她忌憚這男人，但此時此刻，異地而處，她寧可面對的是楚雄，而不是那些姦淫擄掠的土匪。

楚雄帶著她一路走，路上遇見了幾名土匪。他們躲起來看著那些土匪正在找死人身上的財物，翻著車上的貨物。

翻倒的馬車都是他們這些百姓的，楚家商隊的馬車卻一輛也沒有。

似是看懂她的疑惑，楚雄嗤笑一聲。「楚家的任務是保護好貨物，至於那些跟隨的馬車，有空才會順道去保護，而且只負責救命，才不管你們的馬車和隨身財物。」

意思就是說，雖然跟車，但在面對危險時，護衛首要保護的，還是商隊的貨物和人馬，至於其他跟車的只是順手救，但不保證一定救到。

救到是你命大，沒救到也是你的命，況且，能保住命就不錯了，誰還管你的隨身財物？

幸虧，她重要的銀錢都縫在襯衣裡，但是換洗衣物和吃食隨著馬車被燒了。

看著那些聚集而來的凶匪，柳惠娘才知道，楚雄單槍匹馬回頭找她有多麼凶險。

這一路上，他又為她殺了五名土匪。

他的刀法很好，殺人時連眼也不眨，像一匹不馴的野狼，比那些土匪更加凶狠，也更像土匪，因為殺了人後，他也在死去的土匪身上翻找財物。

他的理由是，與其留給土匪，不如做做好事留給他們。若他們靠這些食物、錢財活到京城，那些土匪也算死前做了好事，到了閻王面前也能減刑不是？

……果然很土匪。

瞧他搜刮錢財的手法，他不去當土匪還真是埋沒了人才。

這樣的男人，在車隊時她不怕他，因為還有別人在，可現在只有他與她兩人，她怕了。

因此，趁著他被三名土匪圍困時，她當機立斷，抱著兒子逃跑了。

她算準了他一時抽不開身，無法抓住她，卻忘了那些傳言，說他一人能對付十幾個匪徒。她才跑了一會兒，突然眼前跳下一人，嚇得她尖叫一聲，驚恐地瞪向來人。

「為何跑？」楚雄怒氣沖沖地逼上前。

「你別過來！」

她看他的眼神，就像看那些土匪一樣，他突然明白了。

這個沒良心的女人，老子拚死拚活地趕回來救她，她不說一聲就跑了，真是捂不熟的白眼狼。

柳惠娘驚慌退後，警告他。「別過來！」

他冷哼，一出手就輕鬆逮住她，還能騰出一隻手去點潤哥兒的睡穴。

「你對潤哥兒做了什麼！」

他笑得土匪，說出的威脅也十足土匪。「妳要是再逃，小心妳兒子的命。」

她僵住，孩子是她的軟肋，是她的命根子，她可以不要自己的命，也不能失去潤哥兒。

她感到絕望，知道這次自己逃不了了，為了保住孩子，勢必得拿自己的貞潔去換。

楚雄一手抱著孩子，來到一處洞穴後，他將點了睡穴的潤哥兒放下，然後回頭將她抓過來。

柳惠娘沒有掙扎，已然做好用身子換命的決心。

她低著頭，任他將自己按坐在地上，然後抬起她的腳，脫下鞋子，露出光裸的腳丫子。

果然腳上有傷，看她走路一跛一跛就知道了。

楚雄拿出水壺，用水清洗她腳上的傷口。「嘖，好好一雙漂亮的腳，搞得這麼難看。」

柳惠娘呆愣，就見他用水洗去她腳丫子上的髒污後，拿藥粉撒在她腳上的傷處。

那腳傷是她在逃亡時弄傷的。

楚雄幫她上完藥，用布包紮好，抬眼對上她狐疑的表情，他一臉壞笑。

「我可不想像那男人的下場，被美人用針扎頭，連命都沒了。」他將那根從土匪頭上拔出來的針亮在她面前。

柳惠娘瞪圓了眼，就見他把針還給她，然後笑得很痞，轉身解開潤哥兒的睡穴。

潤哥兒悠悠醒來。「娘……」

柳惠娘一聽到兒子的聲音，急忙去抱兒子。

「娘在這。」

楚雄拿出乾糧和水，遞給他們。「吃吧，把肚子填飽。天色暗了，今日先在這裡歇一晚，明日清晨咱們還得趕路。」

把吃食給他們後，楚雄自己也吃了些東西。

潤哥兒因為被點了睡穴，絲毫不知兩人之間發生的事，況且楚雄以前就常偷偷餵他，見他拿食物出來，不等娘開口，他自己就伸手接過。

「謝謝楚叔叔。」

柳惠娘想說什麼，但話到嘴邊，什麼也沒說，反倒是潤哥兒把餅遞給她。

「娘，快吃。」

柳惠娘擔驚受怕了一天，的確也餓了，楚雄若想要她，沒道理在食物中下迷藥。想通了這點，她便笑著收下，裝作沒事，和兒子兩人分著吃。

她原以為，今夜他會趁兒子睡了之後，強佔她的身子，畢竟他對她一直圖謀不軌，這荒山野地的，又是最好的時機。

結果她等了一整夜，楚雄除了呼呼大睡，就只是呼呼大睡。她一直忐忑不安地等到清晨，天都亮了，她頂著一雙黑眼圈，根本沒睡多少。

「吃完乾糧，咱們就上路。」

楚雄笑得很痞，看她的臉色就知道她一晚上在擔心什麼。

柳惠娘狠狠瞪了他一眼，但在兒子面前，她只能繼續裝沒事。

不得不說，有楚雄在前頭開路，柳惠娘心安不少，她雖然不想承認，但知道這一回多虧有他，她和兒子兩人才能性命無虞。

失去了商隊的保護，也失去了馬車，就他們母子兩人，要想平安到達京城，就只能靠楚雄。

她除了身上藏的銀子，吃食和所有換洗衣物都沒了。

原本只剩三天的路程就能到達京城，但那是馬車，沒了馬車，只靠兩條腿，這路程就不止三天，何況她還有腳傷。

逃跑失敗後，柳惠娘就放棄逃走的打算了，他們母子的吃食和飲水，全靠楚雄提供，就算順利逃走也會半路餓死。

這時候，她萬分羨慕有功夫的男人，因為楚雄獵了一隻兔子回來。

多諷刺，她急著離開杏花村，就是想躲著楚雄，結果現在卻得靠他才能上路。

楚雄拿出匕首，在手上轉了個花，俐落地給兔子開膛剖肚，分開皮肉，放血，清內臟。

這套處理流程，他做得行雲流水，技術純熟，潤哥兒看得滿眼崇拜，驚呼連連，柳惠娘只覺得這男人炫耀的嘴臉很欠扁。

剝了皮的兔肉放在火上烤，楚雄還從腰袋裡拿出鹽，撒在兔肉上，沒多久，烤熟的兔肉就散發出香味，惹得他們母子直嚥口水。

柳惠娘從沒遇過像楚雄這樣的糙漢。

秀才相公吳子清斯文儒雅，說話也是溫聲細語，她生在鄉野，第一次見到吳子清，就喜歡上他了。

其實不只是她，當時村裡的姑娘都喜歡吳子清，因為他的氣質跟村中其他男人不一樣，他不但能讀書識字，舉手投足皆散發一股文雅氣息。

當知道吳家派人到她家提親時，柳惠娘高興得睡不著覺。家中姊妹和村中姑娘都羨慕她嫁給秀才相公，她也立志要做個賢妻，讓丈夫能心無旁騖地讀書，將來考上進士做官。為此，她也努力向丈夫學習識字。

她一直覺得相公很厲害，而現在瞧見楚雄一身功夫，一手殺兔烤肉的技術也不含糊，其實也……好吧，也很厲害，不過在瞧見他拿起裝著兔血的碗，大口喝下時，她臉都黑了。

他居然喝兔血！

楚雄舔了舔嘴角的血，瞧她像見鬼似的看著他，朝她咧開了笑。

「兔血很補，要不要來一碗？」

這個野蠻人！

「不必。」她把臉轉開，同時趕忙將兒子的眼遮住。

楚雄被她嫌棄，不在意地笑笑。

「有些地方寸草不生，人們為了活下去，連野獸的血都喝，尤其是行走沙漠時，沒水沒食物，駱駝血也得喝下去。」

沙漠什麼的關她什麼事，有兔肉還喝血做什麼？話說那兔肉到底烤好了沒有！

「娘，我餓了。」

她知道，她也好餓，只是撐著面子罷了。

楚雄用刀割下一塊肉，將兔肉插在削尖的樹枝上，遞給潤哥兒。

「來，吃吧！」

潤哥兒開心地接過。「謝謝楚叔叔！」

柳惠娘擰了下眉頭，總覺得兒子對楚雄似乎有些自來熟，兩人好似哥兒們。

柳惠娘不知道，她其實猜對了，潤哥兒私下和楚雄是一對玩在一起的哥兒們。

兔肉吃進肚裡，溫暖了胃，待夜晚降溫時，較能袪寒。

隔了兩日，楚雄弄來了一匹馬。

看到馬兒時，柳惠娘母子是兩樣情。兒子看見馬兒很興奮地說要坐，柳惠娘卻是抿唇不語。

說真的，柳惠娘很需要馬，畢竟她有腳傷走不快，若有馬兒代步，那就太好了。

問題是，三個人一匹馬，怎麼坐？柳惠娘懷疑楚雄是故意的，他的實力擺在那兒，弄一輛馬車來根本不是問題。

楚雄將潤哥兒抱上馬，然後向她伸出手。「來吧。」

「給潤哥兒坐，我走路就行了。」

她寧可忍著腳傷的疼痛，也不想跟楚雄同騎一匹馬。

楚雄挑眉，一瞧她那表情，他就知道女人腦子裡在想什麼。

他壓低聲音，語帶威脅。「我若是真想強來，妳覺得妳躲得了？」

柳惠娘瞪他。他說得沒錯，這時候拒絕也太矯情了，更何況還會拖累行程。

「娘，快上來。」潤哥兒在馬上興奮地朝她招手。

柳惠娘還在猶豫時，楚雄對潤哥兒笑道：「潤哥兒是第一次騎在馬上？」

潤哥兒用力點頭。「是！娘說騎馬危險，只讓我搭馬車。」

「這有什麼危險，我三歲就開始騎馬了。」

「真的?!」

「叔叔找時間教你騎。」

「好！」

這小子！柳惠娘瞪了兒子一眼。在楚雄面前，她不好告訴兒子要小心這位不懷好意的叔叔，暫且忍一忍。

她走上前，避開楚雄伸來的手，自己踩了馬鐙，跨馬上去，動作竟是熟練的。

「妳會騎馬？」他有些意外。

她淡漠地瞟了他一眼，摸著兒子的頭。「娘有空教你騎馬。」

楚雄對她的淡漠不以為忤，勾著唇角，抓住韁繩牽著馬兒，柳惠娘這才知道，原來他不騎。

有了馬兒代步，行程總算快多了。

他們白天趕路，晚上露宿，天色暗下來之前，找個遮風避雨的地方過一夜。

肚子餓了就吃乾糧，路上楚雄若是打了野物，晚上就能吃到肉。

今日打了一隻野雉，不用楚雄吩咐，柳惠娘主動撿樹枝升火，她還去附近摘野菜。

楚雄撿來的馬匹身上掛著一個包袱，幸運的是，包袱裡有一個方便攜帶的小鍋子。

這鍋子應該是用來煎藥的，因為她在包袱裡瞧見了一些山中常見的藥草。

藥草的功用是祛寒補身，也可以拿來煮湯。

楚雄給的乾糧中有醃漬的鹹肉，她把鹹肉和處理過的生肉放在一起煮，再加上野菜和些許藥草，就成了一鍋味美的補湯。

連續幾夜露宿在外，她擔心兒子受涼，喝了補湯，正好可以祛祛寒。

楚雄見她俐落地弄好一鍋湯，足夠三人各喝一碗，誇了一句。「果真賢慧，哪個男人娶了妳，可有福氣了。」

柳惠娘大方地接受他的讚美。「我相公也這麼說。」

「……」這女人是故意的。

他嗤笑一聲。「他去京城有三年了吧，分開三年，妳就不怕他在外頭有了女人？」

柳惠娘舀湯的動作一頓，轉頭冷冷瞪他。

他眉眼帶笑，與她目光對視。

她轉開臉。「他不會。」

「妳不懂男人。」

「我不需要懂男人，只要懂我相公就行了。」

這話說得明白，若他識趣，最好就此打住，別打她的主意。她與相公，感情好得很呢。

楚雄卻似是被挑起了談興。

「男人在家跟在外可不一樣，妳們女人成天在家，哪裡知道男人在外頭是什麼德行？上京趕考的文人，三五好友出入青樓，談詩作詞，稱之雅興，就算宿在青樓，也當成風流，對那些讀書人來說，這是再平常不過了。」

「別人我不知道，但我相公向來潔身自愛，就算去了，也只是赴朋友的邀約罷了。」

「喲，對他這麼有信心？」

她忽然笑咪咪地朝他望來。「我倒是聽說，閣下是春花樓的常客，那位玲瓏姑娘還是楚爺的紅顏知己呢。」

春花樓是平鎮的青樓，玲瓏是春花樓的花魁。

楚雄一臉意外。「原來妳這麼注意我的事？」

柳惠娘笑得沒心沒肺。「楚爺在咱們村裡是名人嘛，楚爺的事，村裡未成親的姑娘都很上心呢。」

楚雄也笑了。「我去青樓只是逢場作戲，現在知道妳吃醋，我下次就不去了。」

「楚爺說笑了，我身為吳家婦，只會吃自己相公的醋，楚爺風流，自有青樓的姑娘去爭風吃醋。」

「妳在姓吳的面前，也這麼牙尖嘴利？」

「當然不，相公面前，妾身自是輕聲細語，溫柔似水。」

她說話夾槍帶棒，明諷暗貶，實在刁鑽可人，撩得楚雄心頭一陣癢。

「說得讓我好生嫉妒，要是早三年認識妳，我肯定——」

「楚爺！」

柳惠娘瞪眼，並看了兒子一眼。潤哥兒正睜著無辜的大眼睛，認真聽著兩人說話。

「孩子面前，請別說笑了。」她輕聲警告。潤哥兒五歲了，他聽得懂。

女人臉色繃得死緊，楚雄也知道見好就收，否則真把她給逼急了，怕是擰著性子再也不肯跟他同行。

楚雄沒再說下去，無妨，來日方長，他等得起。

柳惠娘有些焦急，一個不注意，兒子的心就飛了。

飛到哪兒？水裡。

她站在岸邊，緊盯著在湖中心泅水的兒子。

在她眼中，五歲的兒子哪會泅水？殊不知，她兒子還真會泅水。

這是楚雄教的，而且是背著她教的。

適才他們行經一處溪水邊，這裡有個小瀑布，瀑布下有個小水潭，水潭清澈見底，能看見水中的魚。

楚雄說在此歇息，午飯烤魚吃，就把上衣脫了，直接下水。

他想下水是他的事，柳惠娘樂得在一旁等著吃魚，誰知目光一晃，兒子不見了，居然也光著屁股跟著下水，驚得她跳起來，在岸邊氣急敗壞地喊著兒子。

潤哥兒正是愛玩的年紀，見到湖水可樂壞了，擺動著四肢，朝楚雄游去，把他娘嚇得臉色乍青乍白。

柳惠娘過了一會兒才發現，她兒子居然會泅水。

他何時學的？她怎麼不知道？

這一大一小在湖裡玩瘋了，氣得她在岸邊乾瞪眼。

楚雄哈哈笑道：「妳也下來學吧，我可以教妳。」

作你的春秋大夢！

逼不得已，她只好坐在岸邊等，而楚雄這廝居然還命令她。

「我和潤哥兒抓魚，妳先去升火。」

沒辦法，事已至此，閒著也是閒著，她只好去撿樹枝升火，一邊升火，還一邊盯著兒子。

潤哥兒滿臉開心地招手。「娘！娘！妳看！抓到魚了！」

臭小子，待他上來要好好拷問他，何時學會泅水的？

柳惠娘氣歸氣，但見到兒子如此開心，她心又軟了，其實她不是沒感覺到，兒子其實是很羨慕別人家有爹陪伴的。

看到別家的爹爹帶著孩子時，他總是露出羨慕的表情。

這時候有個叔叔可以陪他玩、教他抓魚、教他烤魚、教他……等等，柳惠娘擰眉，兒子不會把楚雄當爹了吧？

柳惠娘決定再忍忍，等到了京城就趕緊分道揚鑣，帶他去找親爹。

午飯是三條肥美的魚，一人一條剛剛好，足以飽食。

潤哥兒拿著削尖的魚叉，上頭叉著魚，開心地向他娘獻寶。

「快把水擦乾，免得著涼了。」她幫兒子擦去臉上的水，跟在後頭的楚雄說道：「放心吧，潤哥兒沒那麼嬌弱。」

柳惠娘正要斥他，兒子又不是你生的，你當然不心疼！可在瞧見他赤裸的上半身時，她喉頭一卡，避開目光，拿起布巾，繼續為兒子擦身子。

柳惠娘這一生，只見過丈夫的身子，她丈夫是個文人，身形瘦長，她何曾見過如此結實的身材，跟隻野豹似的，渾身凝聚著一股迫人的力量，雖只是一眼，卻已令她沒來由的心驚。

莫怪那些姑娘低呼，當時他救落水的孩子上岸時，她在人群後頭，又站得遠，只看了個大概，不像現在，他就在她面前，赤裸著上身，氣勢逼人。

她強自鎮定，假裝忙著幫兒子擦頭髮。在他面前，她是絕不允許自己露出一絲羞怯的。

楚雄見她對自己的身材視若無睹，勾了勾嘴角，逕自坐下，就這麼打著赤膊處理魚肉。

吃完了烤魚，兒子的衣服也晾乾了，柳惠娘陪著兒子在樹下休憩。孩子玩的時候很瘋，吃飽了也可以馬上睡著，柳惠娘輕拍兒子的背，把他哄睡了，偷偷瞟了楚雄一眼。

他正躺在樹下，閉目午睡。

其實她也很想下水，這麼多天沒洗澡，她身上髒得難受。

天色還早，太陽也大，周遭無人，是個洗浴的好機會。趁著兩人睡著時，她悄悄起身，躡手躡腳地往岸邊走。

脫衣裳太冒險了，她不敢，只敢捲起袖子和褲管，稍微用水洗一下。

當雙腳泡在水裡時，柳惠娘舒服地吁了口氣。腳上的傷已經好得差不多了，她將巾帕浸濕，細細地擦著胳臂和小腿。

若是能好好洗一頓澡就好了，可這事只能想想，若是被楚雄那色胚瞧見身子，讓他色性大發就不好了。

她才這麼想著，不經意瞧見清澈的河水，映照出一張男人的臉……

柳惠娘驚得轉身，對上楚雄那一雙冒火的眼。

第五章

「呀！」她驚呼。

他猛然撲倒她，氣得她大叫。

「你幹什麼！」

「別動！」

她就知道，這男人不可信任，色心不改，逮到機會，就想對她行不軌之事！

她張口就狠狠往他手臂上咬去，令他悶哼一聲。

馬的，這女人來真的！

柳惠娘是真的發狠地往死裡咬，一點也沒留情，凶得像隻拚命的母老虎。

兩人就這麼僵持不下，但是過了一會兒，她終於察覺到什麼。

她將他的手臂咬出了血，而他被咬的那隻手，正掐著一個東西不放。

那是一條青色的毒蛇。

柳惠娘嚇得鬆開嘴，往後一滾，滾到了大石頭後，只露出一雙眼睛，驚恐地盯著那條蛇。

楚雄被她這副驚慌失措的樣子搞得啼笑皆非，上一刻她還想著豁出性命跟他拚了，這會兒卻懂得惜命了。

那條蛇被他掐著頭，張著血盆大口，吐著舌信威脅，蛇身掙扎著扭動，捲住他的手臂。

他將蛇頭一擰，捏碎了骨，丟到水裡，瞟向大石頭後的女人，嗤笑一聲，起身往回走。

柳惠娘一顆七上八下的心漸漸平靜下來後，總算恍然大悟。

人家是為了救她趕來抓蛇，卻被她狠狠反咬一口。

柳惠娘這會兒也沒了洗浴的心情了，把自己打理了下，彆扭地走回去。

潤哥兒還睡得香甜呢。

她坐下來，把兒子身上蓋的薄布調整了下，小心翼翼往楚雄那兒看去。

他正在擦拭手臂上的血，那上頭有清楚的牙印，柳惠娘真是尷尬極了。

她抿了抿唇，覺得有必要解釋一下，但出口的話，不知怎的就成了告狀。

「你幹麼不早說？你要是早點說，我就不會誤會你，而且，你為什麼不出聲？」

楚雄只是睨了她一眼，對她惡人先告狀的小人行徑不予置評。他站起身，找了個較遠的樹下坐，繼續低頭處理傷口。

她適才看到，那手臂上的肉都被她咬得翻出了紅肉，看起來有些怵目驚心，可見當時她可是用盡全力的。

他如果生氣反駁也罷，偏偏他什麼都不說，默默走開去處理傷口，倒顯得她恩將仇報，偏偏又拉不下臉去向他道謝，正在內心交戰時，潤哥兒醒了，醒來第一件事不是找娘，而是去找楚叔叔。

「哇！楚叔叔，你的手臂受傷了？」

楚雄道：「是啊，被咬的。」

「被什麼咬的？」

「被一隻凶巴巴的兔子咬的。」

「兔子在哪兒？」

「問你娘。」

潤哥兒還真的跑回來，把話講給他娘聽，好奇問：「娘，咬人的兔子在哪兒？」

「……」

好吧，她有錯，但這也是他害的，誰叫他悶不吭聲地突然出現在她身後，她只是做出正常反應好嗎！

她笑咪咪地對兒子說：「兔子會咬人，也是因為兔子被嚇到了，有句話說，兔子急起來也是會咬人的，就是這樣。」

潤哥兒聽完，又乖乖將話轉述給楚雄聽，過了一會兒，他興奮地跑回來。

「娘，楚叔叔說，他去抓咬人的兔子，晚飯扒了皮烤來吃！」

「……」

他絕對是故意的！

當瞧見京城城門就在眼前時，柳惠娘整個人像重新活過來一般。

連日的擔心受怕，一路的千辛萬苦，那些受的苦都值了。

他們到達時，城門已關，得等明日一早進城，今日是他們在外露宿的最後一晚。

柳惠娘和潤哥兒睡在一旁的篝火邊，楚雄則坐在篝火另一頭。

她悄悄抬頭瞧了男人一眼。

楚雄用布巾擦拭刀身，這是他每晚睡前必做之事，他突然轉頭朝她看來，她趕緊閉眼假寐。

過了一會兒，她又悄悄睜眼，猛然一僵，楚雄就躺在她身邊，一手撐著頭，兩眼放光地盯住她。

「妳偷看我。」

柳惠娘瞪眼，她看了兒子一眼，兒子睡得正香，她抱緊兒子，瞪他。

「我沒有。」

「有，妳偷看我了，是不是捨不得我了？」

「少臭美，我思念我丈夫呢。」

「他哪裡比我好？手不能提，肩不能挑，妳撫養兒子，照顧婆母，他在哪裡？當妳被人欺負時，他又在哪？」

柳惠娘聽不得他批評自己的男人。

「他是不像你力氣大，有功夫，但他會讀書，十五歲就考中秀才；他溫文爾雅，善解人意，而且他是為了咱們家，才去掙個前程的。再說，他從沒欺負我，欺負我的是你！若不是你，我又何必急著上京——」話說到這裡止住，她緊抿著唇。

她一時衝動，不小心說溜嘴了。

楚雄恍悟，原來她這麼急著上京，是為了躲他。

「妳就這麼不待見我？我有什麼不好？」

他還好意思問，反正都說溜嘴了，京城就在眼前，她也不怕了，他既然敢問，她就敢說。

「你不好的可多了，你長相粗獷，不合我眼緣；你為人粗魯，令人不喜，還有你強人所難，明明說了不喜歡你，偏要來糾纏。

「最可惡的是，你輕薄我，這事若是傳出去，別人不會責備你，只會說我不守婦道。

「我一個婦道人家，丈夫不在身旁，兒子尚小，婆婆又身體不好，你卻仗著身強體壯來欺負我，我……」

她忽然哽咽，瞬間紅了眼眶。

楚雄盯著她許久，女人在他面前哭得壓抑可憐，把他的心都哭疼了，猛然拍胸脯保證。

「一人做事一人當，老子負責到底，我娶妳！」

柳惠娘哭聲乍止，差點沒忍住衝動拿石頭暴丟他，本想動之以情，讓他別再打她的主意，哪知根本是對牛彈琴，白哭了！

擦乾眼淚，抱緊兒子，移到對面位置，躺平睡覺。

楚雄猶不死心。「若是早幾年認識妳，哪有其他男人的機會？」

放屁！就算當年老娘沒嫁人，也不會嫁給你，因為我看不上你！

當然，以上這些腹誹只存在她腦中。畢竟城門未進，一切變故皆有可能發生，還不到過河拆橋的時候。

楚雄見她不答話，又怕吵醒潤哥兒，只好也跟著躺平睡覺。

隔日清晨，城門一開，在城外夜宿的百姓們紛紛起早趕著牛車、騾車或馬車過來，依序排隊進城。

柳惠娘丟了包袱，連那通城的文書也丟了，正擔心守城士兵刁難時，也不知楚雄給他看了什麼東西，那守城士兵打量他們母子後，便放行通過。

柳惠娘當時不敢多問，等到離城門夠遠時，不免好奇問了一句。

「這有何難？有我罩著妳，妳想去哪兒都行。」

問他話呢，偏沒一句正經，逮到機會就跟她說些曖昧的話，要不是潤哥兒在，柳惠娘已經不裝走人了。
這會兒她也沒了問下去的心情，牽著潤哥兒往前走，很快便被京城的繁華給吸引。住在貧瘠的村裡，除了山水和田地，沒見過這麼多高牆大房，連踩在腳底下的地都是平整漂亮的石板路。路上車水馬龍，人群熙攘，很快就讓他們母子兩人看得目不暇給。
京城有四個城門，他們走的是西城門，這兒離市集近，沿路見到不少攤販市集。道路兩旁的鋪子裝潢得十分氣派，金銀鋪、漆器鋪、果子鋪、珠寶鋪……柳惠娘和潤哥兒一路張著嘴，看得眼花撩亂。
她悄悄轉頭看向楚雄，見他一點也不吃驚，適才面對城門守衛時，還和幾個人有說有笑，似乎很熟絡。
柳惠娘想想便明白了，他是楚家護衛，來京城不止一次了。
莫怪村裡人說到京城都不免嚮往，鄉下的路都是泥土路，下雨時，地上都成了泥濘。但這城中的路卻是用大石板建造的，又直又平，來往的馬車既大又漂亮。
路上人來人往，人們穿的衣衫、裙子十分好看，樣式多又繁複，相較之下，柳惠娘都覺得有些自慚形穢了。

她突然覺得有些尷尬，和京城相比，自己這套衣物太寒酸了，加上一路風塵，身上的衣物又舊又髒。

得先找個地方安置下來。

「到這裡就好，謝謝你。」

她率先開口。遲早要分開的，她也不想再欠他什麼，拖久了反而麻煩。

楚雄停住腳步，回頭看她。

她認為儘早把話說明白，對兩人都好。

「這一路來多虧你了，這份恩情，我們母子都會記得的。」

楚雄直直盯著她，他沒接話，反過來問：「你們接下來有什麼打算？」

「我們自己會想辦法的，多謝楚爺關心。」

這疏離的客套話，楚雄怎麼聽不出來？她這是到了京城，安全了，不用怕了，所以跟他攤牌，要分道揚鑣了。

他沒答應，丟了話。「先找住的地方再說。」

「不用了，我們母子先逛逛，多看看，不勞楚爺麻煩了。」這次不等他回話，她說完就牽著兒子走。

「娘……」潤哥兒捨不得，但被他娘用眼神警告。

柳惠娘緊握兒子的手，堅定地拉著走。

楚雄看著女人頭也不回地過河拆橋，氣笑了，他突然大步上前，將潤哥兒一把抱起來。

柳惠娘大驚。「你——」

「想不想飛高高？」

潤哥兒想說要，但看了娘一眼又猶豫，楚雄不等他回答又道：「好，咱們飛高高。」

兒子被抱走，急得柳惠娘在後頭追。「你要幹什麼？快放下我兒子，不然我喊人了。」

幾名路人聽到動靜，好奇地指指點點，楚雄火大瞪過去。「看什麼！老子教訓媳婦，有什麼好看的！」

路人被他凶惡一瞪，嚇了一跳，還真信了。

「姓楚的，你胡說什——啊——」她驚呼一聲，猝不及防被楚雄一把扛到肩上，接著就感覺身子一輕，眼睜睜地看著自己離開地面，人群變小，屋瓦白牆也由近變遠。

楚雄扛著她和潤哥兒，不走平地，直接飛簷走壁，跳牆走瓦飛高高。

啊——她想宰了他，因為她懼高啊啊啊啊啊！

楚雄將她帶到一家客棧，租了一間房，付了銀子後就走人了，走之前還撂下狠話。

「想跟老子過河拆橋，沒門兒！妳的命是老子救的，妳兒子會泅水也是老子教的，一路上吃老子的、喝老子的，妳欠老子這麼多，老子睡了妳都天經地義，哼！」

把他們母子丟到喜來客棧的房間後，人就轉身氣呼呼地走了，偏她連罵人的機會都沒有，因為她頭暈。

幸虧她今日還沒吃飯，不然肯定全吐出來，想到此，忽一噁心，她又去抱著痰盂乾嘔。

殺千刀的臭男人，有路不走，偏扛著她在天上飛，這會兒她臉色還蒼白著呢。

潤哥兒在一旁擔心地看著她，還孝順地輕拍娘的背，用天真的童音安慰。

「娘乖乖，多飛幾次，習慣了就不會吐了。」

「……」臭小子，你娘被人欺負了，懂嗎！

潤哥兒當然不懂，因為兩個大人之間的暗潮洶湧都瞞著孩子呢，就連適才楚雄臨走前惡言惡語地撂話，也是壓低聲音在她耳邊說的。

柳惠娘倒了杯溫水，壓下胃裡的不舒服，待緩過氣後，才有空閒打量這家喜來客棧。

她叫來店小二，打聽之下，才知道他們母子住的是上房，聽到房錢她驚得咋舌，京城房錢真是貴得嚇死人，便趕忙說了離開的打算。

店小二卻告訴她，楚雄已經付清了房錢，而且一次就付了一個月。

柳惠娘在心底把楚雄罵到臭頭，想離開，但一想到這房錢已經付了，不住等於白白送錢給人家，況且她和兒子剛到京城，人生地不熟，還沒個方向，若先有個住的地方，確實較安心。

大不了待找到了相公，再把房錢還給他。

「知道了。」她說。

既然決定先住下，便吩咐店小二送洗澡水和吃食來，母子兩人需要洗去風塵，填飽肚子。

見店小二還杵著沒走，似乎還有話說。

「有事？」

「夫人，夫妻嘛，有什麼事好好說。」

柳惠娘愣了下，突然恍悟，店小二把楚雄當成她相公了。

她正要否認，卻又立即想到當時自己是被楚雄當眾扛過來的，這時候解釋，恐怕生出其他閒話，只好暫時忍下。

「多謝小哥。」

她笑咪咪地應付，把店小二瞞騙過去，待熱水和吃食送來後，她和兒子洗了個澡，身上弄得乾乾淨淨，又趕緊吃個飽，最後倒頭睡一覺，醒來時，已是下午。

柳惠娘帶著兒子出了客棧，請店小二幫忙叫了輛馬車，去城中晃晃，並打聽丈夫的下落。

相公在信中說過，他借住在友人家中苦讀，定期與人探討時論。這位友人姓巴，住在南大街的卑子胡同。

她讓車伕載他們母子去城南，車伕見他們母子兩人似是外地來的，不免就多聊了些。

「每年進京趕考的考生們大多住在城西或城南一帶，剛進京的學子為了省銀子，大多會先挑選城南附近，花費便宜。」

「麻煩您了，咱們母子人生地不熟，若有個人帶路，便能省下不少事。」

「哪兒的話，等您相公高中，您和小少爺就可以享清福了。」

柳惠娘客氣地道謝。「借您吉言。」

城南的卑子胡同是一條狹窄的巷子，民居也較破舊，附近鄰居發現有馬車進來，皆好奇地張望。

柳惠娘牽著潤哥兒下車，請車伕等一等。

她走上前詢問。「老翁，請問這附近可有姓巴的人家？」

「有啊。」老翁指了一處最裡頭的屋子。「就是那家。」

柳惠娘聽了心喜，連忙道謝，牽著兒子去巴家門口叫門。

敲了半天，無人應門，柳惠娘心想，該不會正巧出門去了？

這時隔壁打開門，一名大嬸走了出來。

「妳找誰呀？」

「這位嬸子，請問這家人可在？」

大嬸仔細打量她，見她雖然衣衫舊，卻乾淨清爽，又帶了個可愛的兒子，對她有好感，便溫聲道：「妳是巴家的誰呀？」

聽到巴家，柳惠娘心喜，應該是這裡沒錯了。

「實不相瞞，我們母子是來找我家相公的，相公就借住在巴家。」
「巴家早就搬走了，這戶人家已經有一年沒住人了。」
柳惠娘愣住。「怎麼會？」
「我就住在隔壁，這家以前倒是曾經住了一位姓巴的人家，但沒幾個月就搬走了，已經搬走一年多了呢。」
「他們搬去哪了？」
大嬸搖頭。「這我就不知了。」
柳惠娘心中一沈。
一年多……可相公在信中並未提及搬家一事。
這時又有幾名鄰居出來，對他們母子探頭探腦，柳惠娘便又上前打聽，得到的答案都是一樣，這戶人家已經空屋許久，也無人知曉後來搬去何處。
卑子胡同裡住的人家都較貧窮，即便有應考的公子來住也是短期的。她又打聽相公的事，更是沒人聽過有姓吳的公子在這兒出沒。
問不到結果，柳惠娘只好牽著兒子走回車旁。
車伕也知曉了結果，見她失望，便建議道：「夫人，要不然我載您去明儒大街那兒問問？」

「明儒大街？」

「那兒有許多書鋪和茶樓，進京的考生常在那兒聚會，說不定去那兒能打聽到您的相公。」

柳惠娘聽了又生出希望，點頭道：「那就煩勞您了。」

「好咧！」

車伕載著母子兩人前往明儒大街，如車伕所言，這條街上果然有不少書鋪，還賣許多筆墨紙硯及扇子，走在路上的便有不少書生打扮的文人。

柳惠娘下了車，和車伕約好時間、地點後，便牽著兒子徒步逛街。

他們在大街上逛了許久，一家一家地問，累了就在路邊小攤子叫兩碗餛飩解餓。潤哥兒畢竟還小，逛了一個時辰後就累了，她便帶兒子去茶樓休憩，又向掌櫃的打聽。

直到下午車伕來接他們時，都一無所獲。

「進京的考生多，一時問不到也是有的，不如夫人明天再來問。」

柳惠娘心想也是，兒子一上馬車，就趴在她腿上睡著了，她便讓車伕載他們回客棧安歇。

一連三日，柳惠娘都出去找人打聽無果，心事重重地回到客棧。

客棧掌櫃過來招呼，知道她的情況，便熱心道：「這樣好了，遇到來往客人，我便讓夥計去打聽，說不定機會會大一點。」

柳惠娘聽了感動，忙道謝。「有勞掌櫃費心了，咱們母子感激不盡。」

「好說，小事一樁。」

待柳惠娘母子上樓後，掌櫃丟話給夥計。「看好門，有事叫我。」說完轉身掀開門簾，朝裡屋走去。

裡頭一名男子正在飲酒，此人不是別人，正是楚雄。

掌櫃的不請自坐，拿起酒壺，也給自己倒了一杯。

「她每日天亮，用過早膳，就帶著兒子尋夫，你不幫幫？」

楚雄手中的酒杯一頓，抬眼看了劉文昭一眼，冷哼。「找不到才好，找不到才能死心。」

劉文昭與楚雄是好兄弟，別人以為這家客棧是他開的，其實幕後東家是楚雄。

當初楚雄把柳惠娘母子帶到客棧裡，就立即宣誓主權。

「她是爺的女人。」

劉文昭認識楚雄這麼久，還沒見過他對哪個女人露出如此明確的佔有慾，又見楚雄咄咄逼人地盯住他，立即舉手宣誓。

「放心，兄弟妻，不可戲，小弟會保護好嫂子。」

「嫂子」兩字果然讓楚雄笑得露出一排牙，劉文昭接著捅了一句。「不知嫂子那兒子的爹是誰？」看起來有四、五歲大的小子，絕不可能是楚雄的兒子。

楚雄收起笑，瞪人的目光殺氣騰騰。

劉文昭趕緊見好就收，立即召來夥計傳令下去。

一字號上房住的美婦人是老大的女人，是未來的大嫂，帶的孩子是小公子，要眾人好生伺候著。

喜來客棧看似是普通的客棧，其實從跑堂夥計到廚房下人或是掃地的，全都是混江湖的，楚雄是他們的老大，就連車伕高老七都是他們的人。

廚子趙強向來有話直說。「人家千里尋夫，相公還沒死呢，老大這是要給人做小？」

鐵三娘一巴掌拍向他的後腦勺。「問這話找死啊你，剁你的肉！」

劉文昭與楚雄繼續密談。

「老大，依我看，大嫂是安分的良家婦人，又帶著兒子，找不到那位，恐怕不會死心。」

楚雄手裡轉著酒瓶，不說話。

「她若不死心，絕不肯跟你的，否則她也不會大老遠地跑來京城。你把人安置到客棧，不會就這麼看她每天找人吧？」

楚雄冷哼。「找不到，對她是最好的。」

劉文昭嘖嘖稱奇。「真沒想到，你會看上有夫之婦。」

「有丈夫又如何？她那個丈夫，有跟沒有是一樣的。」

「怎麼？老大知道她的丈夫在哪？」

楚雄抬頭看他一眼，並未否認。

有戲！

劉文昭與楚雄相識許久，知道他的脾性，他既然看上那女人，又大老遠把人家帶到京城，就絕不可能放手，肯定另有他謀。

「你可別強搶婦女哪。」

楚雄嗤笑一聲。「爺要搶早搶了，還會等到現在？」

「說得是，唐爺可不是浪得虛名。」
楚雄本姓唐，本名唐雄。
楚雄切了聲。「你也不遑多讓，劉爺。」
兩人對視，皆仰天大笑。
柳惠娘對楚雄的看法，有一項是對的。
楚雄的確是個土匪，而且還是三年前盛名一時，在西北邊境一帶的黑山悍匪。
三年前，楚雄秘密得知朝廷即將派兵剿匪，便帶著自己的人馬悄悄離開山寨。
那時候劉文昭還不叫劉文昭，而是到了中原後，才用了這個名字。
整個喜來客棧的夥計全是當年追隨楚雄的手下，最後他們混入京城，頂了這家喜來客棧做生意，大夥兒總算有了安身立命之地。而唐雄搭上了楚家商行，救了楚家大爺一命，就此成了楚家護衛，被楚家大爺賜家姓，成了楚雄。
對外，喜來客棧的掌櫃是劉文昭，但幕後東家是楚雄。
楚雄跟著楚家商隊走南闖北，與京城的劉文昭保持連絡，互通消息。
以前當山匪時，看上哪個女人，搶來就是，不過現在他們已經轉為良民，再不能行違法之事，劉文昭叫他別強搶良家婦女，也不過是打趣罷了。

「明日，你讓老七載她去東大街。」楚雄道。

劉文昭聽了挑眉。「東大街？那兒可是文人才子最喜歡的地段。」

文人才子最喜歡什麼？附庸風雅。

附庸風雅的地點在哪？青樓。

面對劉文昭眼中的疑惑，楚雄不再賣關子，露出了痞笑。

「她想見的人，明日會去沐月樓。」

既然她想見那姓吳的，他就幫她一把，反正她遲早會知道。

只有見到了，她才會死心，才會知道她那個相公，可不如她想的那般好。

第六章

高老七在客棧門前整理馬車，一名漢子上前，問他租車不？他擺擺手。

「有人租了。」

這人不死心，提高價碼。「我多出五兩。」

若是平常，高老七就應了，但今日不行，他身負老大交代的任務。

「你去租別輛車吧。」老大吩咐了，他得在這兒等著嫂子呢，就算多給他十兩也不行。

漢子被拒絕，心生不滿，冷聲威脅。

「爺今日有急事，若是你耽擱了爺的事，爺可不客氣了！」

高老七頓住，轉頭看他，見對方橫眉豎目，一手還摸著腰刀，他立即陪笑。

「是、是，大爺請上車。」哈腰作揖地為對方掀起車簾。

漢子冷哼上了車，屁股還沒坐下，一個拳頭就過來了。

馬車激烈晃動，車內還傳出嗯嗯哎哎的悶哼聲，有路人大嬸經過，瞪著搖晃的馬車唾罵。

「光天化日的，真不知檢點！」

馬車終於停止晃動，過了一會兒，漢子被踢出來，鼻青臉腫地趴在地上，吃了一嘴土，卻不敢抱怨，只是連滾帶爬地逃走，彷彿後頭有鬼在追。

高老七掀簾下車，目光凌厲，一身煞氣，那模樣跟土匪似的，直把周遭看熱鬧的路人給嚇得趕緊走人。

他鬆鬆筋骨。好久沒打人了，真是不夠過癮，若是過去的他，對方哪有命逃？

他眼角餘光瞥見熟悉的身影，柳惠娘母子正從客棧出來，立刻神情一改，換上老實的憨笑，迎上前去。

「柳娘子，早啊，今日去哪兒呀？」

柳惠娘進京後，坐的都是高老七的馬車，與他也算熟了，點頭笑道：「高大哥早。」

「不敢不敢，稱大哥太抬舉我了，叫我老七就行。」讓嫂子稱哥？別！他可不想被老大揍。

柳惠娘朝他笑笑，欠了欠身，便牽著兒子從他身邊經過。

咦？咦？咦？

「柳娘子，馬車在這兒呢。」他言笑晏晏地提醒。

「不了，今日不坐馬車。」柳惠娘歉然一笑，繼續走著。

不坐馬車？難不成只在附近逛逛？高老七正納悶著，就見柳惠娘牽著兒子，直接走向較便宜的驢車。

高老七立即恍悟，趕忙衝上前攔人。

「哎哎哎——驢車顛簸，怎及得上馬車舒服呢？」

柳惠娘還是笑笑。「驢車較便宜。」

原來是為了省銀子。

高老七當機立斷。「今日半價！」

柳惠娘驚訝。「這……這怎麼行？」

「行！當然行！您也是老主顧了，這幾日多虧您照顧生意，小的也該感恩圖報不是？」若不是怕她起疑，不付銀子都行呀！

高老七都說到這個分上了，柳惠娘也不好拒絕，心想京城居，大不易，也難怪他搶生意搶成這樣，倒為難他了。

見柳惠娘牽著兒子往回走，高老七暗暗鬆了口氣，伺候母子倆上車，他趕緊坐到前座，甩鞭子駕車。

「柳娘子今日想去哪兒？」

「依你看，今日去哪兒好？」

她人生地不熟，這幾日去城中轉轉，也多是聽從高老七的意見。

高老七就等她這句，笑嘻嘻道：「不如今日去東大街瞧瞧熱鬧，那兒有詩文會，會有許多文人來，說不定您要找的人也會過去瞧熱鬧。」

柳惠娘想想也好，便應允了。「那就麻煩您了，咱們去瞧瞧。」

「好咧！」高老七咧開笑，立即往東大街駛去。

昨晚劉文昭特地轉告他，老大吩咐今日一定要把他們母子帶往東大街的沐月樓。

一路上，高老七與柳惠娘閒聊著，順道幫她介紹京城裡最繁華的東大街。

柳惠娘對東大街沒興趣，繁華代表「貴」，而且聽高老七的介紹，那東大街似乎住著世家或官宦人家，她相公不過是個趕考的士子，不太可能會去那兒。

她不反對去東大街，不過就是抱著碰運氣的心態，說不定相公也會去那兒看熱鬧。

若是一時找不到相公，她或許要找間屋子住下來，便順道向高老七打聽租屋行情。

「柳娘子要問京城住處？妳真是問對人了，我高老七對京城的租屋熟悉得很。」

柳惠娘心喜，便將自己的需求說予他聽，房子不用大，能容他們母子就行，不要太貴，但也希望地方安全。

「放心，我今日就出去打聽，三日內，必有消息。」

「如此，便多謝了。」

「好說。」

兩人路上聊著，馬車走了兩刻，到了東大街。

這次的詩文會地點在沐月樓，除了京城有名的才子們都會到場，還聽說去年許多新科進士們也會齊聚一堂。

柳惠娘是第一次來東大街，掀開車簾，她和兒子一起好奇看著熙來攘往的街道，見前頭擠滿了人，不禁好奇問：「這裡怎麼特別熱鬧？」

「前頭就是沐月樓，京城四大才子都會來，還能看到去年皇上欽點的前三名進士哩！」

說到沐月樓，高老七特地為柳娘子介紹一下。

沐月樓是京城最負盛名的高檔青樓，裡頭的伎子賣藝不賣身，琴棋書畫、詩詞歌賦樣樣精通，美貌也是一等一的好，吸引京城文人才子常常來此處舉辦詩會，亦吸引來京參加春闈的舉人。

柳惠娘好奇地四處瞧瞧，別說百姓了，連攤販都來了，簡直跟過年一樣熱鬧。

柳惠娘對什麼四大才子或皇上欽點的狀元、榜眼、探花沒興趣，她只想盡快找到相公。

別人都朝沐月樓看去，她卻看著各路百姓。

說不定相公就在人群中呢。

街上人多，馬車難行，柳惠娘索性牽著潤哥兒下車，在這附近晃晃。

「娘，這裡好熱鬧喔！」

「是啊。」

母子兩人彷彿逛著年貨大街似的，人說京城的繁華，柳惠娘如今親眼見證，才知是真繁華。她去過最熱鬧的街道也就是平鎮市集而已，跟東大街一比，差多了。

為了應景，東大街的酒樓茶肆和店鋪都很有默契地掛上了字畫，供百姓欣賞，共襄盛舉。那些字畫都頗有來歷，其中不少還是向文人才子求來的墨寶，頗有爭奇鬥豔的意思。

一輛官制的馬車緩緩駛來，馬車前有侍衛開道，兩旁有隨從，到了沐月樓門前，馬車隨即停下。

車門打開，一名文官走下來，有百姓瞧見他的相貌，讚了一句。

「這位公子生得可真俊俏！」

「那是新上任的知府大人，去年的新科進士，皇上欽點的探花郎。」

柳惠娘聞言，也不免好奇看了一眼，這一看，目光就定住了。

穿著一身官袍的男人，清雋俊逸，儀表堂堂，此人不是別人，是她日思夜念、風塵僕僕趕來找了大半個月的丈夫，吳子清。

熟悉的眉目，熟悉的笑臉，乍見相隔多年的丈夫，柳惠娘眼中已經泛淚，喜極而泣。

皇天不負苦心人，她終於找到他了。

柳惠娘熱淚盈眶，咧開了笑，但下一刻，她的笑容僵在嘴角，就見丈夫風度翩翩地轉身，伸手去扶馬車內的女子。

有一句話叫做豔冠群芳，指的就是馬車內的美人。

她的膚色晶瑩，容貌絕美，下車時，姿態若柳，當相公握住那女子的柔荑，扶她下了馬車後，兩人相視一笑，彼此眼中，情意綿綿。

兩人相偕前往沐月樓，男人一心護著那女子，行進間，兩頭相接，偶有細語淺笑。

柳惠娘注視這一切，目光隨著那兩人而去，直到身影掩蓋在影壁後，她依然直直盯著。

「娘。」

直到兒子喊她，她才動了動，低頭看他。潤哥兒黑白分明又圓潤的眼珠子正盯著她，小臉上有著困惑。

孩子雖小，卻能察覺娘親的異樣。

相公離家時兒子還小，早不記得爹爹的相貌。

柳惠娘對潤哥兒露出溫婉一笑。「這京城可真熱鬧，是不是呀？」

潤哥兒用力地點頭，語氣興奮。「娘，咱們會找到爹爹嗎？」

柳惠娘望著兒子，笑得更溫柔了。「是的，我們一定會找到他的。」說完抬起頭，望著沐月樓的方向，嘴角在笑，眼神卻淡漠如冰。

人潮散去後，柳惠娘沒有跑回家哭鼻子去，而是繼續帶著兒子逛大街，還買了糖葫蘆跟兒子分著吃，母子倆有說有笑，絲毫沒有糟糠妻乍見丈夫對其他女人舉止親密時的震驚和憤怒。

這把跟在後頭的幾個男人給弄糊塗了。

「你說她到底看到沒有？」

問話的是高老七，他還以為會瞧見一位激動上前認夫的女子，抑或是失魂落魄在街上哭泣。

劉文昭亦是一臉糊塗，他搓著下巴狐疑。「沒道理啊，難道分開三年，連相公長什麼樣子都認不出來了？」

兩人對看一眼後，便瞄向一旁的老大楚雄。

楚雄直直盯著柳惠娘，客棧掌櫃劉文昭和馬車車伕高老七都是他的手下，他看上的未來媳婦，當然不可能讓她在京城裡到處亂跑，得放在自己眼皮子底下，有他照看著才安心。

他知道，只有讓她自己親眼去看，才會死心。

她那個相公早就在京城金榜題名，在吏部任了一個五品的官職，瞞著她金屋藏嬌，享受紅袖添香的顯達日子。

當初楚雄瞧上她，曾惋惜她已嫁作人婦，剛好他跟著楚家商隊來到京城，一時興起，他便順道去查查吳子清這個人，哪知一查，竟然查出這麼一樁風流豔事來。

在得知吳子清的為人後，楚雄便決定把柳惠娘搶過來，因此這趟護鏢從京城回到平鎮後，他立即去杏花村找她。

既然她那個相公已經有了新人忘了舊人，他便不再顧忌柳惠娘已婚婦人的身分，將她視為己物，在她小嘴上烙下自己的吻，就像猛獸在獵物身上印下自己的氣味。

柳惠娘說得不錯，楚雄的確是個粗人，他的想法也很粗暴直接，他故意不告訴柳惠娘她那個相公在京城做的好事，因為他一點也不想看到她為了其他男人傷心欲絕，他可是會嫉妒的。

先把她搶過來，等她事後得知吳子清背叛她，有了他楚雄的疼愛，她還需要吳子清做什麼？

楚雄自認這樣的安排對她最好，只可惜這婦人性子太倔，不肯跟他，雖然他也可以對她強來，但與其讓她對自己生怨，他還是希望女人能心甘情願地跟著他。

要把她心中的相公踢出去，裝進自己，最快的唯一辦法，便是讓她親眼看看她口中稱讚的好相公，瞞著她在京城幹了什麼好事。

把糟糠妻留在鄉下，自己一個人在京城納妾享福，這種男人，長得好看有個屁用？

既然她把她的丈夫說得那麼好，那就讓她親自看看，只有這樣，才能讓她死心，好教她知曉，男人不是只看臉的。

見她在京城尋了半個月仍一無所獲，他決定幫她一把，因此有了今日沐月樓之行。

楚雄想好了，待她親眼見證丈夫的背叛，傷心欲絕時，他便上前護著她，給她胸膛依靠，讓她盡情在他懷裡哭，而他趁此安慰她，多加把勁，趁她脆弱時攻占她的心，人便是他的了。

他覺得追女人跟打仗一樣，要打入敵人陣地，攻心為上，趁虛而入怎麼了？不趁敵人有弱點時攻打，要等到何時？

他這算盤打得響，認為只要自己對她好，至於用什麼手段都不重要，他甚至覺得自己這麼做是給她一條生路，她肯定願意的。

若她放不下潤哥兒，沒關係，他可以把潤哥兒當自己兒子養，剛好他也喜歡潤哥兒，這小子膽大不怕苦，是練武的好苗子。

楚雄把一切都盤算好了，所有事情都照著計劃走，他算到了一切，唯獨算不準柳惠娘的心。

她沒哭，沒有歇斯底里，也看不出大受打擊，反而沒事似的牽著潤哥兒逛攤子、買糖吃。

見母子兩人有說有笑，他也懵了。

說好的她傷心欲絕、他趁虛而入呢？

女人沒哭，他怎麼出場？

三個大男人繼續跟在柳惠娘後頭，高老七忍不住用手肘推推劉文昭，示意他開口。

劉文昭看他一眼，再瞧瞧老大。其實他也很納悶，這個柳惠娘該不會真沒認出她相公吧？

「老大，該不會他們三年未見，長相變化太大，所以沒認出來？」

也只有這個原因，才能說明那女人為何跟沒事一樣。若換作其他女人，在家守活寡三年，一旦發現丈夫在外頭金屋藏嬌，又瞞著家裡金榜題名，怎麼可能不炸鍋？

楚雄擰緊眉頭，目光緊盯著柳惠娘。

會嗎？才分開三年，沒變胖也沒變瘦，怎麼可能認不出來？

如果認出來，她又為什麼沒反應？

「這不合理呀。」楚雄搓著下巴，無法解釋眼下的情況。

他故意讓高老七載她到沐月樓，讓她親眼瞧瞧，她那個丈夫早就中了進士，還做了五品京官，發達之後，是怎麼對她的。

楚雄說過，她不懂男人，但反過來看，他其實也看不懂柳惠娘。

他或許能懂其他女人，但柳惠娘是個例外。

其實打從他開始接觸柳惠娘起，這女人就一直不按牌理出牌，總是出乎他意料之外。

她明明看起來溫柔賢淑，柔弱得像隻兔子，但其實凶起來是隻母老虎。

他假裝驢二租了他的馬車，要來載她，她卻能拆穿他的謊言，路上還拉了一堆鄉親搭便車。

她撒潑起來撕咬踢打都來，那股狠勁，活似要刮了他。

她面對土匪，連殺人都敢……楚雄頓住，突然想通了什麼。

是了，這女人膽子大得很，她可不像外表展現出來的那般柔弱，面對悍匪，她都沒哭鼻子腿軟求饒，而是懂得利用自己的優勢，降低對方的心防，趁其不備，一招致命。

這樣的女人，豈是那麼容易受打擊的？

他露出了笑，目光灼灼如狼。「不愧是爺看上的女人。」

劉文昭和高老七兩人聽了一呆，就見他們老大笑得歡，他們看不懂那女人，也同樣看不懂老大了。

東大街住的是富貴人家，商鋪也都偏高檔消費，柳惠娘帶著兒子，一路只能走馬看花，幸好還有些小攤子可以逛。

她牽著兒子回到馬車上，上馬車前，還笑咪咪地對高老七道聲「辛苦了」，完全瞧不出任何異樣。

高老七搔搔頭。得了，又不是他的女人，讓老大煩惱去，他等著看戲就是。

回到客棧，母子倆用完飯，讓店小二打了水來。

柳惠娘幫兒子洗完澡，待天黑後，哄了兒子睡覺，幫兒子掖了掖被子，熄了燈火，一個人坐在窗前，看著天上的明月。

掌燈時刻，離開了白日的喧嚷，只剩她一人時，終於能卸下面具，不必再強顏歡笑。

三年的書信往返，從滿信滿行的字句，直到一行未滿的寥寥字跡；從滿紙的關懷相思，一直到敷衍了事的冷淡應付。

她早就從丈夫書信中感覺到他對自己的疏淡，她只是沒有告訴別人罷了，繼續對外營造她與丈夫情感深厚的假象。

不是為了面子，也不是為了炫耀，而是為了婆婆和潤哥兒，為了不成為鄉里鄰居們茶餘飯後的談資，以免供人說三道四。

丈夫對她的冷淡，只有她一人知曉就夠了。

柳惠娘也曾傷心過，在夜深人靜時，她瞞著婆婆和已經哄睡的兒子，偷偷哭濕了好幾條帕子。

她早猜到相公在外頭恐怕已經有了女人，雖然沒親眼求證，但她會聽、會看，也會思考。

她娘家是種田的，家中女兒生得多，窮人家養不起孩子，女兒更被視為賠錢貨，為了生存，女兒不是早早嫁人，就是賣給人做妾，好減輕家中的負擔。

過年時姊姊們回來省親，總會私下聊起婆家和相公的事，她當時小，也在一旁聽，聽多了便記住了。

嫁出去的姊姊們過得並不好，不管是為妻還是做妾，都遇到同樣的問題，那便是丈夫有了新歡。

那時候，姊姊們的話題都圍繞在如何對付新妾或是如何討好丈夫，可是柳惠娘卻隱隱覺得，這一切的問題似乎都跟男人有關。

姊夫喜新厭舊、誰家相公又偷腥了，或是誰家相公去妓院了。男人，似乎不可靠。

因此柳惠娘很怕嫁人，但是不嫁人就可能被爹爹賣給人牙子，所以她決定自己找未來要託付的對象。

十二歲時，她就開始為自己的未來打算了。

吳子清生得斯文，性子也溫和，身上有不同於村中其他男人的書香氣息，她當時就喜歡上吳子清的儒雅和溫文有禮，因為她討厭糙漢子，她爹就是種田的糙漢子，稍一不順，就打罵家中女人。

她決定嫁給吳子清，幸運的是，她生得好看，成功讓吳子清喜歡上她，十三歲就和吳家訂了親。她當機立斷，包袱收一收，直接去吳家伺候未來婆婆，為自己找到安身立命的地方。

遺憾的是，就算嫁給吳子清，也沒能逃過和姊姊們同樣的命運。從書信當中，她感覺到相公的淡漠，回憶起姊姊們的遭遇，那感覺越來越像，那時候她就在猜，他應該是在外頭有了女人吧？

她沒哭，是因為眼淚在過去三年裡早就流乾了。

整整三年，她嚐到了空閨寂寞的苦，嚐到了徬徨無助和失落。世人都說女人要賢慧、要善解人意，才能得到公婆和丈夫的疼愛。

事實證明，她的賢慧和順從，並不能阻止相公對她的冷落。

心中所有的懷疑和猜忌，在今日終於得到了證實。

在杏花村她算是個美人，但來到京城，她的美根本不值一提。

她與那女人的差別，豈只是凡女與仙子的差距？這三年來，她伺候公婆、照顧潤哥兒，日積月累的疲累和歲月的消磨，讓她一雙手變得粗糙，肌膚也不再細嫩。

柳惠娘感到深深的挫折，以及人事已非的悲涼。

今後她該何去何從？

茫然的面容上，終於滑下一滴淚水。

身後突然伸出一雙手臂將她攬入懷裡，男人的熱氣拂在耳邊。

「妳沒錯，是那傢伙不好，喜新厭舊的臭男人！」

柳惠娘渾身一僵，錯愕地轉頭瞪著楚雄。這男人無聲無息地出現，將她環抱在懷，還一臉深情地開口。

「早跟妳說了，男人不能看臉，那種長得像娘兒們的男人，骨頭軟，嘴巴甜，最容易騙人了。」

第七章

柳惠娘氣炸了，本以為已經擺脫的男人，卻半夜闖進她房間裡。

「你個王八——」小嘴猛然被摀住。

「噓，小聲點，會吵醒兒子哩。」

這語氣……說得好像潤哥兒是他兒子似的！

柳惠娘氣得張口就咬。

楚雄嘶了一聲，這娘兒們咬起人來還真狠！

情急之下，把人一拐，施展輕功，躍出窗外上了屋頂。

「輕點，給妳咬不礙事，但就怕我皮糙肉厚，把妳的牙弄壞了。」

柳惠娘掙脫不了，牙又疼，還被他拐到屋頂，若是他人瞧見了，說不定以為她被採花賊擄走呢！

「你到底想幹什麼！」

「我想幹什麼？這不擺明了嗎？」

柳惠娘只是瞪他。

「雖然妳過河拆橋，但我大人有大量不記仇，況且你們母子在京城人生地不熟的，我放心不下。」

這一番話是他事先想好的，說出來肯定感動她。

柳惠娘卻是直直盯著他。「你一直跟蹤我？」

他擰眉。「我是這種人嗎？」

他一定跟蹤她了，她知道。

「你早知道他在京城的事？」

不必言明，彼此都知道這個「他」指的是吳子清。

楚雄承認道：「知道。」

「什麼時候知道的？」

「每隔三個月，楚家商行的商隊會從平鎮到京城之間來回一趟，上次我隨商隊來，順道查了下。」

柳惠娘明白了，那次他隨商隊出發，有兩個多月不在，那時她還鬆了口氣，期待這廝在這期間忘了她，或是去找別的女人，誰知這廝一回來，變本加厲地纏她，還堵著她吻，要她跟了他。

她突然冷笑。「你是認為我相公在外頭有了女人，就不要我這個糟糠妻了，而你就可以順便接手，一舉兩得？」

楚雄擰眉。「我是怕妳傷心，所以才沒說。」這一點，他真的沒騙她。其他的，他或許會誆她，但他的心是真的喜歡她、想娶她。

在此之前，他楚雄還沒想過成家的打算，但一見到她，便看對眼了。

她是第一個讓他有成家的渴望，或許這就是天注定的緣分吧。

他楚雄以前的確不是什麼好人，但那是迫於生存不得而為之，後來遇到了機緣，便帶著幾名弟兄改邪歸正，之後就沒幹過什麼傷天害理的事了。

他不在乎柳惠娘跟過誰，也不計較她有個兒子，他只確定自己想要這個女人，只要她從此一心一意跟著他，他就護她一生。

這也是他今晚來找她的目的，有了變心相公做比較，她就知道他的好了，而他只要再多加把勁安慰她、說服她。

「行了，我知道了，放開。」她冷冷命令。

楚雄愣住，在他預想的畫面中，她或許會憤怒、會哭鬧、會傷心欲絕，甚至歇斯底里，他都做好了準備，不管她如何撒潑踢咬，他都不離開，給她依靠，讓她盡情在他懷裡哭。

當她被另一個男人傷透心時，就是他趁虛而入的時刻。他預測了她所有可能的反應中，唯獨沒有冷靜。

「怎麼？你不放開，是打算今晚欺負我這個被丈夫拋棄的糟糠妻嗎？」

楚雄聽了擰眉，立即反駁。「我雖然喜歡妳，好歹也是個大丈夫，不會趁人之危。」雖然他很想。

見他終於鬆手，柳惠娘鬆了口氣，整理好自己的衣裳，然後對他道：「夜深露重，麻煩你送我回房。」

楚雄將她帶上屋頂，就是給她一個可以痛快大哭的地方，但是除了一開始的那一滴淚，就沒有下滴淚了。見她還等著自己回答，他只好抱起她，施展輕功，送她回到客棧房間裡。

柳惠娘回到屋中，便去看潤哥兒。兒子白天玩累了，晚上睡得熟，絲毫沒有被吵醒。

柳惠娘為兒子掖了掖被子，轉身朝楚雄看了一眼，便越過他往前廳走去。

柳惠娘住的客棧房間是天字一號房，分成前後內外兩廳，內廳是寢間，外廳則是招待訪客喝茶的地方，備有桌椅。

柳惠娘幫他倒了杯水，示意他坐。「請用。」

她這麼冷靜，楚雄反而一時拿不準她的想法。

待楚雄落坐後，柳惠娘才開口。

「你查到什麼？」

聽她問起，楚雄才明白，原來她是問他查到什麼。

也好，他把查到的全說出來，好教她知曉，他那個相公如何見了新人忘舊人，做官發達了，卻把她晾在鄉下，自己納了新妾，雙宿雙飛。

他說，柳惠娘則靜靜地聽。

吳子清進京後，與倪宓兒相識，將她贖出，過了納妾之禮後，在倪宓兒的陪伴下，紅袖添香，隔年春闈中了進士。

吳子清運氣不錯，進翰林院學習時，巴上了吏部侍郎大人，吏部大人賞識他，恰巧吏部有個空缺，他便進了吏部任職。

聽完楚雄的調查後，柳惠娘淡淡地問：「說完了？」

「說完了。」

其實也沒什麼好說的，男人進了京城，就被京城的繁華給迷了眼，遇到美人，就栽進去了。

在楚雄看來，吳子清是從小村子出來的，哪裡見過世面，當然會禁不起溫柔鄉的誘惑。

「既然說完了，夜深了，楚爺請回吧。」她這是下逐客令了。

楚雄怔住，見她要起身，猛然伸手，按住她的手。

柳惠娘冷眼看他。「楚爺這是什麼意思？」

「姓吳的不值得。」

「值不值得都是我的事，就不勞楚爺關心了。」

「我絕不會負妳，妳跟了我吧。」

他今晚來，就是為了對她說這句話。

女人都不想跟別人共享一個男人，都想一生一世一雙人，她現在也該對那相公死心了吧。

「妳都看到了，他有了其他女人，這樣的男人，還有什麼好留戀的？我不同，妳若跟了我，我這一生就只有妳一個女人。」

柳惠娘用力把手抽回。「不可能。」

「為什麼？」

她臉色一沈。「我不喜歡你。」

楚雄笑得很痞。「沒關係，我喜歡妳就行了。」

柳惠娘冷眼瞪他，沈聲道：「我討厭你，我們不可能。」

她覺得對楚雄最好還是把話說得更徹底，更沒有轉圜的餘地，不給他留任何希望才好。

楚雄盯著她半晌，過後，彎起了嘴角。

「我會再來看妳。」

留下這句話後，他便離開了。

柳惠娘看著他的人影消失在窗外，立刻上前將窗子關上。

這男人的臉皮比城牆還厚，別人聽到這麼不留面子的拒絕，大多會知難而退或是覺得被下了面子，怒而走人，偏偏這人根本不在乎。

柳惠娘回到內廳陪兒子，兒子睡得很熟，而她，今晚注定是個無眠的夜。

高老七幫她找了間二進的房子，這房子位在西大街，房子雖舊，但是維護得很好，也打理得很乾淨。

二進的房子不會太大，就他們母子倆住綽綽有餘了，她自己就能整理，不必請人，可以省下不少銀子。

重點是房子的地點很好，胡同附近環境乾淨，左右鄰居也都是正當人家，還離市集很近，走路就能到。

只有一個問題，就是不用租金。

高老七解釋。「這戶人家不愁銀子，但又怕屋子空在那裡，久不住人就壞了，所以想請個清清白白的人家住在那兒，每日打理屋子。」

意思是不用付租金，還給工錢呢。

若是之前，柳惠娘聽了肯定十分心喜，但是經過昨晚，她心中起了懷疑。

有這麼好的事？住房不用銀子，還有工錢拿，簡直跟天上掉餡餅似的。

柳惠娘雖然沒讀過什麼書，但人不笨，甚至還很機靈。

客棧房錢是楚雄付的，車伕高老七又對他們母子特別照顧，連車租都便宜一半，知道她想租便宜的房子，就找到一間完全符合她期待的二進房子，不，是完全比她預想更好的房子，還付工錢養他們母子。

加上昨晚楚雄對她的態度，柳惠娘幾乎有八成的把握可以肯定這一切都是楚雄的意思，這個高老七應該是楚雄的人。

柳惠娘心思千迴百轉，心中暗暗掙扎。

要不要點破這件事？

高老七被她瞧得有些頭皮發麻，又見她不說話，只是用一雙眼盯著他。

老大交代了，這事一定得辦成，把嫂子和小少爺安置在他們的勢力範圍之內，免得有什麼閃失。

「柳娘子，可是對這屋子不滿意？」他陪笑問道。

就是太滿意了，她才沒辦法馬上答應。明知這件事有八成是楚雄在背後出主意，她吃人家的、用人家的，還住人家的，就怕到時候得加倍還回去。

楚雄要什麼，她太清楚了。

如果是昨日之前，她肯定寧死不答應，但在證實了相公的背叛之後，柳惠娘思考了一夜，想法已有改變。

杏花村她是不打算回去的，但光靠她自己一人，想在京城立足，是不可能的。如楚雄所言，她在京城人生地不熟的，一個女人無依無靠，想在這裡生存，最好有個靠山。銀子總有花完的一天，她可以吃苦，但總不能讓兒子跟著她喝西北風。

況且，在杏花村那種窮鄉僻壤的地方，潤哥兒根本沒機會往上爬，沒有爹爹在身邊照拂，兒子長大後，不是成為獵夫，就是做回莊稼漢。

柳惠娘不服氣，憑什麼吳子清把家中值錢的東西全拿走了，一人到京城發達享福，留他們母子在鄉下吃苦。

她可以不跟他計較納妾之事，但屬於潤哥兒的東西，她一定要討回。

只有待在京城，潤哥兒才有未來。

但首先，她得先想辦法在京城生存下來。

衡量大局和利弊得失之後，柳惠娘知道自己最好接受高老七找來的這間房子，既然他編了謊言，說是要找人看守屋子，那她就裝作不知道，先住下來，以後存夠了銀子就搬家。

想清楚後，柳惠娘便故意一臉擔憂地問：「真的只要幫忙打理屋子就好？」

高老七忙點頭。「是的是的，這屋子長年不住人的話不太好，若有人按時打理，哪兒壞了就修繕，當然了，這修繕費，屋主會付。」

「那……」她故意咬咬唇，忐忑不安地問：「既然是找人看守屋子，屋主總會回來住吧？到時候我們母子還得搬走，恐怕不妥……」

「不會、不會，屋主在外地做營生，不止一間房子，京城這屋子只是其中一間，就算回來，也不會住這裡。」

「當真？」

「絕對真！」放心，老大住在隔壁呢。

「那咱們母子能住多久？」

「住個五年以上絕對沒問題的。」住一輩子都可以，因為這屋子是老大留給妳的。

柳惠娘要的就是他這句保證，她既然已經懷疑那屋子是楚雄安排的，就得先為自己留個退路。

「既然如此，那就簽個合約吧。」

高老七心喜，爽快答應。「好咧！」

「合同上順便註明，五年之內，屋主不可以回來住。」

「行！」反正老大在五內年就會把嫂子娶過門了。

「若是哪天房子損毀或燒了，我不負賠償責任。」
「行！」
「若是發現哪天有人未經允許，闖入私宅，我們母子就立刻搬走。」
「啊？」
「不能加這條嗎？」
高老七見她又猶豫，想到老大的囑咐，不管她提什麼條件全答應，務必要讓她同意搬進宅子裡。
「行行行，您放心，這宅子安全得很，左右鄰居都是好人。」
高老七憋著笑，心想這一條分明是防著老大的，嫂子真聰明，未經允許闖入私宅，絕對是老大會做的事，莫怪老大要瞞著她，她若知曉這宅子的屋主正是老大，肯定不願住進來。
其實就算加上這條有什麼用？老大輕功好，就算闖進來，也不會被她發現。
柳惠娘心想簽了合約，以後至少可以拿這份契約書來掣肘楚雄，若是日後他敢闖進來，她就立刻搬走。
條件談好後，便當天簽約。他們母子帶的東西本就不多，揹著包袱就可以入住了。

隔日，柳惠娘就帶著潤哥兒搬進那間二進的宅子裡，這裡面的家具齊全，毋須再採買。

「柳娘子可需要添置一些什物？」高老七殷勤地笑問。

柳惠娘一臉詫異。「屋主還提供咱們添置東西？」

高老七心頭一跳，知道自己差點說溜嘴，幸虧他反應快，謊話也是隨口編來。

「屋主既然僱人來看守屋子，當然希望對方能用心打理，因此待遇上也會出手大方，為的就是彼此有個誠意嘛！」

柳惠娘恍然大悟地點頭。「原來如此，我明白了，請高大哥轉告屋主，惠娘必會好好打理宅子，請他放心。」

高老七見事情辦成了，心情也輕鬆下來，叮囑柳惠娘將要添置的東西寫下來，他下午再過來取。

柳惠娘向他道了謝，送走高老七後，便和兒子開始打理這間宅子。

雖然家具都齊備，但像被子、枕頭、鍋碗瓢盆之類的生活物品，都得另外添置。

她簡單煮了碗麵當作午膳，和兒子兩人吃飽後，又開始打掃。到了下午，高老七依言前來，除了他，身後還多了兩個人。

「這對郭氏兄妹欠屋主錢，願意賣身抵債，簽了五年賣身契，以後就在這裡幹差還債，柳娘子可任意使喚他們。」

「……」柳惠娘必須忍住，才沒有抖動嘴角。

賣身抵債？騙誰啊，她立下合約就是防著楚雄，結果他塞了兩個人過來監視她，偏偏這理由還讓人拒絕不了。

她的目光在這對郭氏兄妹身上梭巡。「我不是他們的債主，怎好使喚他們？」

「不會不會，屋主說了，欠債還錢，還不起就賣身為僕，每個月從薪俸裡扣，恰好這屋子需要人打理，屋主就讓他們來這裡幹差，還託柳娘子幫忙盯著，若是他們偷懶，那就是賴帳，立刻送官。」說完轉頭對兩人厲色道：「以後聽柳娘子的吩咐幹差，由她作主，敢不聽她的吩咐，那銀子也別還了，直接送官法辦。」

這對兄妹聽完，忙彎身作揖。「小的謹遵柳娘子差遣，咱們會好好幹差，一定把債還清。」

柳惠娘抿了抿唇，想拒絕是不可能了，不過換個角度想，被楚雄明著安插人進來，總好過在暗處被他監視。

這麼一想，她心裡就舒坦了。

「知道了。」

他們會裝，柳惠娘也跟著裝，和顏悅色地與他們說了些話。「既然以後大家都在一個宅子裡相處，便各司其職，把差事辦好就行了。」

這對兄妹，哥哥叫郭善才，妹妹叫郭玉襄，兩人當天就住了進來，並開始辦差，跟著柳惠娘母子搭著高老七的馬車，一同去鋪子採買。

待日常用品置辦齊全後，也到了晚膳時間，柳惠娘要去灶房弄吃食，被高老七阻止。

「這怎麼行？以後灶房就交給阿襄，讓她幫您做飯。」說著便吩咐阿襄。「快，妳去廚房弄吃的。」

阿襄一聽，暗地甩了記眼刀子過來，高老七假裝沒看見。

阿襄眼神一睇，突然笑咪咪地走過來，一把勾住高老七的手臂。「那就麻煩高大哥幫我升火了，走。」說完也不給他拒絕的機會，用力把人拖走。

柳惠娘低頭喝茶，假裝沒瞧見這兩人眼刀子丟來丟去的，她現在就是一個不諳世事，沒見過世面的婦人，這屋子又不是她的，隨便他們怎麼折騰。

高老七和阿襄去了灶房，哥哥卻還杵在前頭，哪兒都沒去。

柳惠娘抬頭看他，見他面無表情地站在那兒，她想了想，問：「你怎麼不去廚房幫你妹妹？」

郭善才道：「我不會做菜。」

她打量這位兄長，他相貌平平，表情嚴肅，似乎不苟言笑，不過身材高大魁梧，看起來力氣很大。

「你會做什麼？」

「砍柴、挑水、修繕……粗重的活兒我都可以，只要別叫我去廚房做吃的就行。」

柳惠娘笑了。「廚房的活兒有你妹妹呢，別擔心。」

「她不會做菜。」

咦？柳惠娘愣住。

「跟她去灶房太危險了。」

柳惠娘正要問什麼意思，忽然就聽灶房傳來「轟」的一聲，她驚得跳起來，看見灶房那兒冒出陣陣黑煙。

柳惠娘放下茶杯，叫兒子待著，自己則匆匆趕往灶房，在灶房外就聽到裡頭兩人吵架的聲音。

「老娘只會用刀砍人，哪裡會切菜？」

「噓——噓——妳小聲點——」

「你敢噓我！信不信老娘用這把刀把你的舌頭給剁了——」

不用噓，她都聽到了。柳惠娘太陽穴隱隱作痛，還得把戲演下去，故意發出腳步聲，讓兩人知道她來了。

一進灶房，她便驚呼出聲，灶上的鍋子都燒黑了，上頭還潑了水，她忙把兩人哄出去，晚飯她來弄，讓兩人去準備碗筷就行了。

高老七對她彎腰賠不是，一旁的阿襄只是抿緊唇，臭著臉，然後被高老七拽出灶房。

遠遠還能聽到兩人的說話聲。

「明知老娘不會做菜還叫我進廚房——」

「噓——唔?!」

「說了不准噓我，找死——」

柳惠娘在灶房內搖搖頭，把袖子挽起，套上圍裙，打量四周。

只能事後叫人把這燒黑的灶牆處理一下。

她正要拿起燒焦的鍋子時，一隻手臂橫插過來，先她一步拿起了鐵鍋。

柳惠娘回頭一愣，是郭善才，他怎麼進來了？

「你先出去，我來弄就行了。」

郭善才卻沒走，說了一句。「我妹子闖禍，我來收拾殘局。」

「你又不會做菜，怎麼收拾殘局？」

「我可以幫忙燒火。」

柳惠娘怕他也闖禍，正要拒絕，他又補了一句。「替她還債，不然屋主知道，賠更多。」

柳惠娘抿了抿唇，心想罷了，有她盯著，不至於又火燒廚房，遂讓他在一旁打下手。

郭善才力氣大，不用她吩咐，便將燒黑的器具拿出去，將灶臺處理乾淨，把鐵鍋洗了洗，又抱了柴進來，開始升火，動作倒是十分俐落。

柳惠娘拿起菜刀，將雞肉切塊，用大火爆炒，然後加了自製的醬料，加水煮湯，接著又放進五花肉、魚雜、豬腸、蔬菜等等，一起燉煮熬湯。

當她忙著做菜時，一旁的郭善才直直盯著她，目光亮得灼人，待柳惠娘轉過身時，他便垂下眼，恢復成面無表情的模樣。

粗重的活兒有郭善才幫忙，速度就快多了，等鍋裡的肉熬得差不多時，饅頭也蒸好了。

這一鍋燉肉尚未上桌，香味就已經飄到前頭去了。

桌上的碗盤、筷子已經擺好，就等菜上桌。

柳惠娘瞧見高老七臉上的烏青，故意驚訝問：「你的臉怎麼了？」

「適才不小心跌跤，撞到了。」

柳惠娘一臉同情。「哎，怎麼這麼不小心？你等等，我那兒有藥，專治跌打損傷。」說著便轉身朝臥房走去，潤哥兒也跟在娘的後頭，一跨進屋裡，潤哥兒立即拉著娘的手，示意她耳朵靠近，神秘兮兮地壓低聲音。

「娘，高叔叔的臉是被郭姨揍的。」

柳惠娘也神秘兮兮地壓低聲音。「娘知道。」

潤哥兒驚訝，睜大一雙眼。

柳惠娘輕點兒子的鼻子，小聲商量。「高叔叔要面子，娘就裝作不知道，你要幫娘保守秘密，知道嗎？」

潤哥兒想了想，點點頭。「好，潤哥兒不說。」

「乖。」她摸摸兒子的頭，拿了跌打損傷的藥出去。

她沒上桌，大夥兒都沒人敢開動，眼巴巴地盯著那鍋燉肉流口水。

柳惠娘讓潤哥兒把藥拿給高老七，笑咪咪地望著大家一臉的饞樣。

「今日是咱們大家頭一回一起用飯，家鄉小手藝，請各位嚐嚐。」

她動了筷子，大夥兒就不客氣了，立即動手開吃。

熱呼呼的饅頭配上這一鍋燉肉，實在太下飯了，在座的人除了柳惠娘母子，其他人吃飯時活似難民搶食。

那燉肉湯汁又香又辣，饅頭蘸著醬汁入口十分開胃，高老七吃得一時興起，拍桌道：「太夠味了，要是再來一壺酒——」話未說完，就被旁邊的阿襄一掌拍飛。

「……」柳惠娘臉色差點沒繃緊，她忍不住朝郭善才看去。

郭善才對上她的目光，正經解釋道：「我妹子力氣大，跟我一樣，有什麼粗重的活兒妳儘量使喚，不用客氣。」

你確定你真是她哥？

柳惠娘忍住嘴角的抖動，怕自己表情露餡，索性幫兒子挾菜，專心照顧兒子。

在她沒看見時，郭善才眼神銳利，丟了記眼刀子給阿襄和高老七，眼含警告。

阿襄瑟縮了下，低頭扒飯。

高老七則默默爬回來，一臉心虛。

剛才他一時動情，不小心露出平日的習慣，大口吃肉配大口喝酒，被阿襄拍飛，才沒說溜嘴，但這死女人下手也太狠了，差點沒把他骨頭拍散。

他暗地裡瞪了阿襄一眼，阿襄回他一記眼刀子，兩人不敢再造次，但眼刀子卻丟來丟去。

柳惠娘從頭到腳都假裝沒看到，總覺得這些人似乎不靠譜，她只希望他們行事謹慎點，千萬不要說溜嘴，因為她一點都不想知道他們是楚雄派來的人。

第八章

明知郭氏兄妹是楚雄安排進來的，柳惠娘也不在意。她需要人手，郭氏兄妹既然是楚雄的人，起碼不會害她和兒子，相反的，他們還會保護他們母子。

這對她之前制定的計劃是有助益的。

今日她將潤哥兒交給阿襄，有阿襄照看潤哥兒，她出門也放心。

阿襄欣然同意。「好，我去告訴哥哥。」

柳惠娘聽了奇怪。「告訴妳哥做什麼？」

「叫他準備馬車。」

柳惠娘愣住。「咱們宅裡哪來的馬車？」

「哥哥買的。」

「……」不是說欠債嗎！欠債了還買馬車！

阿襄解釋道：「哥哥說，咱們大人沒關係，但小少爺才五歲，小胳膊小腿的，跑近的還行，若是跑遠一些，還是有輛馬車方便。」

柳惠娘聽完，覺得有些道理。潤哥兒是她的命根子，現在春日晴好，但是到了夏冬之際，風吹日曬雨淋或下雪，就真的需要馬車了。

「怎麼能讓妳哥破費呢？花了多少銀子？」

「不貴，跟熟人買的，哥哥說有車馬的話，大家都方便。瞧，娘子不就要出門嗎？搭我哥的馬車，還可以抵債呢。」

「我又不是債主，怎麼能抵債？」

「娘子是負責照看這屋子的，就是這屋子作主的人。您煮的飯菜好吃，脾氣又好，咱們兄妹運氣好遇到您，可省心不少呢，把您顧好了，咱們也有好日子過。若是您有個閃失，換其他人來顧屋子，不一定會像您這樣善待咱們呢。」

老大交代了，理由自己編，只要讓柳惠娘同意坐馬車就行，不過阿襄說得很有誠意，因為柳惠娘做的菜實在太好吃了。

當初她還怨老大把自己塞到這宅子，陪個婦人和小孩，實在大材小用，不過在吃了柳惠娘做的飯菜後，她就沒怨言了。

這柳惠娘不但人生得好，性子也好，還煮得一手好菜，生的兒子也可愛，她若是男人，有這樣的老婆和兒子，疼愛都來不及，哪會去外頭找女人啊！

莫怪老大對這女人念念不忘，不但花盡心思把人拐到客棧，接著又把人騙到宅子裡住著，現在還易容扮成郭善才，圖個近水樓臺。

阿襄心裡嘖嘖兩聲，這女人遇到老大，根本是羊入虎口，沒得逃。

柳惠娘原本還覺得楚雄派來的這兩個臥底不太靠譜，現在發現也未必，起碼口才不錯，這理由說得還真有道理。

她立即從善如流地點頭，一臉被說服了的樣子。

「妳說得對，我都沒想這麼周到，是這個道理沒錯，只是怎麼好意思讓妳哥破費，那馬車錢還是我來出吧。」

「不用了，買馬車前已經跟屋主告知過了，屋主同意才買的。」

柳惠娘聽了一臉恍悟，感嘆道：「這位屋主真大方啊。」

阿襄心中也很感嘆，當然大方了，等著養肥了好下肚啊。

柳惠娘走到前院時，果然見到一輛馬車停在那兒。

郭善才見她來了，便將腳凳移到車門旁，對她點頭。「柳娘子。」

這幾日的相處，柳惠娘對郭善才的印象是嚴肅、力氣大，平日寡言少語，大多時候都在默默幹活。

甭管他們是不是楚雄的人，柳惠娘對郭氏兄妹的印象還是不錯的。

「我要出門一趟，煩勞你了。」

郭善才點頭，待她上了馬車，他彎腰將腳凳收走，坐上車伕的位子，駕著馬車從側門出去。

在柳惠娘沒看見時，郭善才——不，正確來說，是楚雄假扮的郭善才，嘴角勾起滿意的笑。

女人現在吃他的、用他的、住他的，還坐他的馬車，除了沒一起同床共枕，實際上跟他老婆沒兩樣。

成親不必急，先把人放在自己眼皮子底下養著。

她不喜歡他，沒關係，他就扮成郭善才。

她想離開客棧，沒關係，他讓她離開客棧住進他的宅子裡。

所謂近水樓臺，日久生情，等他把人追到手，到時她要打要罵都隨她，最後還不是認命地乖乖給他當媳婦。

馬車來到西大街，這兒是市集和商鋪街，楚雄以為她是來逛街買東西的，直到她讓他將馬車停在牙行門前。

「煩勞你在這裡等著。」柳惠娘下了車，便進了牙行。

楚雄在她身後，瞇細了眼。

牙行是專門買賣僕役的，難不成她想買個丫鬟？

柳惠娘沒有待多久，不到一盞茶工夫，人就出來了，對他笑道：「沒事了，咱們回吧。」

楚雄滿心疑惑，故意不經心地問：「娘子想買丫鬟？」

「不呢，就是來看看罷了。」她微笑上了車，那話說了等於沒說。

楚雄不再問，他現在是話少又正經的郭善才，不能追問到底。

馬車由原路返回，待送她回到宅子，他把馬車停進馬房後，立即施展輕功，跳牆走瓦，速度飛快地回到西大街的牙行。

他一進門，那凌厲的目光一掃，就見牙行掌櫃坐在那兒打算盤，一見到他，便起身招呼。

「大爺是來買人，還是賣人的？」

楚雄不說廢話，丟了一錠銀子給牙行掌櫃。「兩刻多鐘前，有個穿青衣姓柳的婦人來詢問，她問了什麼？」

幹牙行買賣的都很機靈，會看人眼色，眼前這男人雖然一身粗布衣裳，但是目光精明，暗藏威猛懾人之氣，憑他多年識人的眼光，可不敢小看這男人。

掌櫃從善如流地將銀子收進袖袋裡，笑咪咪地陪笑。他說的那婦人，自己是記得的，便將那婦人詢問之事，一一說給楚雄聽。

「那婦人在我這兒掛了名，說是若有官家要請廚娘，可以告訴她。」

「就這樣？」

「是啊，那婦人特地指名，一定要是做官的人家，大概是覺得官家給的賞銀多吧。」

楚雄問清後，便離開牙行，很快回到宅子裡。

柳惠娘正在屋裡陪潤哥兒說話，楚雄在暗處看了她一眼，回憶牙行掌櫃說的話，想了想，故意走到屋門口。

柳惠娘瞥見人影，轉過頭來，發現是郭善才，她起身走過來。

「有事？」

楚雄拿出木頭玩具。「這是答應給潤哥兒的。」

他手上拿的是一個木製的彈弓，一旁的潤哥兒見了，開心跑上前，把彈弓拿在手裡。

「謝謝郭叔叔！」

郭善才抿嘴微笑，摸摸潤哥兒的頭，這情景讓柳惠娘一愣，怎麼有一種似曾相識之感？

來不及細想，又被郭善才開口打斷思緒。

「柳娘子，後院的土地我已經犁好了，籬笆圍欄也建好了，接下來要做雞籠，不知柳娘子想蓋在哪兒？」

柳惠娘聽了，驚訝地問：「這麼快？」

他點頭，解釋道：「妳一提，我就立刻動手做了，心想早點做好，讓妳看看，若有什麼不滿意的，我還可以盡快改善。」

柳惠娘牽著潤哥兒，隨著郭善才一起往後方園子走，那裡本來是種些花花草草的，但柳惠娘覺得花草光看不能吃，太浪費了，便想用來種些菜、養些雞。

哪知她只是這麼一提，郭善才就這樣一聲不吭幫她弄好了，而且到後方園子一瞧，比她想像的更好。

她詫異地問：「這都是你一個人弄的？」

「是。」

「弄多久了？」

「昨晚到今早。」

她瞪大眼。「你一整夜沒睡？」

「我只需閉眼打座一個時辰，精神便足了。」

柳惠娘臉上有訝異、有佩服，她這個小表情，滿足了楚雄。

當初在杏花村，大概是自己太急切了，惹怒了她，讓她對自己生厭，因此扮成郭善才後，找到機會接近她，好讓她知曉自己的優點。

家裡有個會幹活的男人，絕對比那種只會風花雪月、讀書作論，卻手不能提的男人好。

一聽到她想把後方園子闢建一塊地來種菜，他立即知道自己有表現的機會了。

他故意花了一整夜，就是今日想給她一個驚喜，看到她那佩服的小眼神，他整個人覺得渾身舒爽。

「明日我會去朋友那兒，跟他要些雞崽回來養，順道拿些菜苗回來，讓妳挑著種。」

果然此話一出，她一雙美眸都亮了。

「跟你朋友要雞崽？他肯給嗎？」

「肯，我跟他交情好，正好上個月他家雞舍的雞生了些雞崽，要幾隻雞和種子不是問題。」

柳惠娘笑道：「那敢情好，就麻煩你帶回來。」

他點點頭，接著又道：「柳娘子要不要請個廚娘？每日弄三餐的，光靠妳一人也太辛苦了。」

柳惠娘搖頭。「不辛苦，請廚娘又要多花銀子，不過……」她想了想，覺得有些事先跟郭氏兄妹打個招呼也好。「我想找活兒賺些銀兩，若是找著了，恐怕沒法子煮飯，你們兄妹有空的話最好來跟我學學，我教你們一些基本的。」

楚雄聽了，點頭道：「教我吧，我妹子手藝太差，若是又把廚房燒了，債越欠越多，還不完。」

柳惠娘聽了失笑。「教你也行。」

楚雄差點咧嘴笑，但想到自己扮演著正經嚴肅的角色，便及時打住，正色道：「煩勞柳娘子了。」說著朝她打揖作禮。

柳惠娘朝他欠了欠身，臉上帶著微笑。

有了這個契機，兩人之間的接觸便能增加，他也順理成章地與她多說話。

她指指角落。「雞籠就放在那兒吧。」

「好。」楚雄將袖子挽起，準備幹活，依照她的指示，開始敲敲打打。

他動作快，力氣又大，手藝也好，不到一刻，一個簡單的雞籠就完成了，有屋頂有小門，可以遮陽避雨，雞崽還小，住在這樣的籠子裡，夜晚也不怕著涼。

柳惠娘來看成品時，欣喜地讚美他。這雞籠做得十分堅固，她極為滿意。

她正要向他道謝時，目光不經意地一瞥，忽地怔住。

此時郭善才的袖子捲了上去，露出結實的手臂，瞧見他的手臂時，柳惠娘整個人都傻住了。

她的記性很好，不必特地去記，看過的畫面很自然就會印在腦海裡。

那隻手臂摟過她，上頭有她咬過的痕跡。

柳惠娘震驚地盯著他，那張臉完全陌生，也瞧不出是假的，但這世上怎麼可能有人有一模一樣的手臂？

那手臂上的舊傷疤、粗細、膚色以及筋絡都一樣，最明顯的，就是在客棧屋頂上被她咬過的地方，還留下了痕跡。

柳惠娘見鬼地瞪著楚雄，但在他目光看過來時，她的表情立即恢復正常。

「這樣就行了，空間夠大，小雞長大後也能容納，已經很好了。」她笑笑地說，接著想起什麼。「我去叫潤哥兒來瞧瞧。」說著興高采烈地轉身去找兒子。

一背對那男人時，她臉上的笑容就消失了。

柳惠娘以前就聽相公說過，江湖人除了會功夫，有些人還會易容術。

她只知道郭氏兄妹是楚雄的人，卻從沒想過，郭善才會是楚雄本人。

楚雄易容成郭善才？這事太讓人震驚了。

柳惠娘快步回屋，潤哥兒正在和阿襄玩，一發現娘來了，兩人立即正經起來。

潤哥兒正要喊娘時，柳惠娘丟了句。

「我去解手。」說完匆匆越過他們，進入屋裡。

兩人盯著柳惠娘飛快消失的身影，彼此互看一眼，看起來似乎真的很急。

他們看看屋裡，確定人暫時不會出來了，便把木製玩具收起，把藏起來的小刀拿出來。

「咱們繼續。」潤哥兒一雙眼神采奕奕地對阿襄說。

什麼木頭玩具，他根本沒興趣，還是射飛刀好玩。

阿襄朝屋裡賊兮兮地看了下，潤哥兒低聲賊兮兮地安慰。「放心，我娘每回解手，都要一段時間。」

阿襄輕點他鼻尖。「小鬼靈精，你娘知不知道你這麼皮？」

潤哥兒哼道：「這叫做機靈，我早點學好功夫，才可以保護娘。」

阿襄嘿嘿笑，她愛死這個小少爺了，人小鬼大，精明得很，長大肯定是個高手。

話說，柳惠娘不是內急，而是藉故要一個人靜一靜，在沒人時，她才能卸下面具，露出真實的表情。

她找個沒人看見的地方，緩了緩內心的震驚，讓自己冷靜下來，好好想一想。

她開始細思，從楚雄把她送到客棧，一直到住進這間宅子裡，這期間所發生的一切。

她以為楚雄離開了，改派其他人接近她，結果他根本沒走，還混了進來。

柳惠娘閉上眼，揉了揉眉心。

她真是低估了這男人的死纏爛打，為了接近她，連易容術都用上了……

如果她不是當事人，或許會在一旁佩服這男人的手段和耐性，要不是她記性好，認出那條手臂上的特徵，說不定自己還真的著了他的道。

真是高招，她對郭善才確實沒有防備，早起認真幹活，平日沈默少語，對她態度敬重，言行舉止又極守禮，還有個妹妹在身邊，這樣的男人，的確很容易讓女人放心。

她忍不住咬咬牙，這個奸詐狡猾的狐狸，他不去當土匪還真是埋沒了他的才華！

柳惠娘不知道自己其實道破真相了，楚雄還真的當過土匪。

楚雄自己也沒想到，會被柳惠娘識破自己的易容，只因為他輕敵。

在他眼中，柳惠娘畢竟是個沒見過世面的鄉下女人，雖然這婦人膽子很大，也挺機靈，但總歸是個婦人，再厲害也不會越過他，因此大意了，只給自己換張臉，哪裡會去注意其他細節？

這是追女人又不是真的去敵營臥底，一些小地方也就不在意了。

殊不知，就是細節讓他露出了馬腳，若在以往，他是絕對不會犯這個錯誤的，偏偏遇到了心細如髮又懂得藏拙的柳惠娘。

楚雄在園子裡久等不到柳惠娘帶潤哥兒來看新蓋好的雞籠，便來找人，只見阿襄正和潤哥兒在院子裡玩飛刀，沒瞧見柳惠娘。

他走過來，往屋裡瞧了瞧，朝阿襄看去。阿襄對他使使眼色：人去屋裡解手了。

原來如此。

楚雄便在院子等著，順道指導潤哥兒射飛刀，時不時朝屋裡看去。

「阿襄。」

聽到屋裡柳惠娘喚她，阿襄應了一聲，立即轉身進屋。

過了一會兒，阿襄走出來，對上楚雄詢問的眼神。

「柳娘子說她有些不便，讓你先帶潤哥兒去看雞籠。」

楚雄聽了，問道：「什麼不便？」

老大問話，阿襄不敢不應，低聲道：「女人家的不便。」

楚雄聽了，一下子就明白，原來是來月事了。

他略感遺憾，本以為可以一家「三口」去看雞籠，但他的女人來了月事，肯定身子不舒服，需要休息，只好作罷。

他朝潤哥兒伸出手。「來，叔叔帶你去看新蓋好的雞籠。」

雞籠有什麼好看，射飛刀才好玩呢。潤哥兒此時正在興頭上，有點不想去。

楚雄看明白了，低聲對他道：「咱們去後院，那兒沒人，想做什麼，不用藏著。」

潤哥兒眼睛一亮，立即改口。「叔叔，我要去看雞籠。」說著便蹦蹦跳跳地朝後院跑去。

楚雄咧開了笑，這小子有前途，懂得舉一反三，他這時的表情，彷彿一臉驕傲地看著自家親生兒子似的。

阿襄也想去，但被老大叮囑在這看著，若是柳惠娘有什麼需要，也好有個人使喚，這就是當初他派阿襄過來的原因。

婦人的內宅他不便進來，阿襄可以當他的眼睛，加上阿襄的功夫也是一把罩，除了打不過他，高老七和其他弟兄遇到她，也要繞道走。

內有阿襄，外有他，楚雄很滿意自己的安排，有他罩著，這女人安全得很，他再加把勁，溫水煮青蛙，把她的心搶過來。

到時候，只要她和那個花心相公和離，人就是他的了。

第九章

柳惠娘從牙行那兒收到了消息。

她坐馬車來到牙行，牙行掌櫃把目前有缺的廚娘差事給她瞧。

柳惠娘瞧了瞧，不禁擰眉。

徵廚娘的都是一些商戶人家或富有的平頭百姓人家，做官的只有一家，但這個官也不過是個七品芝麻小官罷了。

她抬起頭，看向牙行掌櫃。「沒有大一點的官？」

掌櫃面有難色。「柳娘子，這大官人家講究多，即便是一個廚娘，也不是隨便就能進去的，得使銀子才行。」

柳惠娘一聽便明白了，這是要用銀子買呢。

「要多少銀子？」

牙行掌櫃笑咪咪的，朝她伸出了一根食指。

柳惠娘看了心下一沈，臉上依然笑得謙和。「一百兩？」

牙行掌櫃點點頭。

柳惠娘深吸了口氣，用著求教的口吻。「不過是廚娘的差事，怎麼就要一百兩？」牙行掌櫃見多識廣，知道她是個外行人，若是其他升斗小民，掌櫃還懶得多做解釋，但柳娘子態度好，遇事不會一驚一咋的，而是虛心求教，他不介意跟她說說其中的門道。

「一百兩只是起價，就算給了一百兩，也不見得進得了官宦人家的府裡當廚娘，能進廚房當個洗碗的雜役就算不錯了。」

柳惠娘愣住。「那要多少銀子才能當廚娘？」

「這得看每個人的運氣，有人花了一千兩才能順利進三品大官的廚房。」

柳惠娘倒吸口氣。「一千兩？這……銀子還沒賺到，就要先花一千兩？」

「柳娘子有所不知，所謂侯門深似海，想進大官人家府裡當廚子，可不是那麼容易的，除了廚藝必須精湛，還必須要有人脈。」

通常點到這裡，掌櫃便不會多說，但他見這婦人聽得專注，忽然很有談興，索性把這裡頭的骯髒事告訴她，好叫她做個明白人，免得被別人騙了去。

「能在大官人家或王府裡當廚子的，個個都有來頭，不是在宮裡當過御廚，就是御廚的徒弟，廚房裡不但油水多，逢年過節或宴客酒席，上頭還有賞銀，一年加起來的賞賜可不止區區一千兩。這麼好的油水，當然眾人搶破頭，同樣是御廚的徒弟，為了搶位置，暗地裡孝敬上頭的銀兩可不少，能爭到廚子的位置，不只光有廚藝，還得看妳的背後靠山硬不硬。」

柳惠娘聽了咋舌，這才知道原來自己是井底之蛙，太天真了。

牙行掌櫃瞧她的臉色，知道她終於聽懂了。

廚子之間尚且爭得頭破血流，更多是見不得光的骯髒事，莫說輪不到她這樣的普通人，說不定人還沒進去，就先被人刮一層血肉下來。

這婦人或許以為自己有一手好廚藝，但能在京城裡混得開的廚子，哪個不是三頭六臂？

想進大官人家府裡當廚娘？那是作白日夢。不過牙行掌櫃是生意人，說話自是圓滑。

掌櫃又笑道：「我幫柳娘子挑的這些人家，雖是尋常百姓，但都是富戶人家。那位七品官雖是芝麻小官，但可別小瞧了，還有別家牙行在爭這個位置呢，只因為那位大人是個清官，要求會江南口味的廚子，我看您是南邊人，被挑中的機會大一點，才把這差事拿出來說，能不能進去，還得跟其他家牙行爭一爭呢。」

柳惠娘心頭雪亮，人家願意跟她解釋這麼多，還是因為善心，瞧在她是婦人的面上給她點撥一下。

她立即感激地朝他福了福。「原來如此，是婦人無知，讓掌櫃見笑了。」

牙行掌櫃見她明白，不會好面子，還懂得虛心認錯，原本心裡多少笑她見識短，這會兒倒是對她高看許多。

這位柳娘子雖然是鄉下來的，卻很識大體，他願意對她說得更明白些。

「若有機會進了七品小官府上當廚娘，也不失為一個機會，除了皇家子弟，哪個大官一開始不是從小官做起？小官也有好處，趁早進去占個位置，主人熬個幾年，將來升官了，府中僕人的地位也會跟著水漲船高。」

柳惠娘心裡想，但是她等不起，就怕吳子清也升了官，那時候她就對付不了他了。

她笑了笑，點頭附和。「是這個理沒錯，多謝您提點，可否容我回去想想？」

掌櫃點點頭，她能明白他的話，回去好好深思，亦是好的。

離開牙行，柳惠娘上了馬車，一路心思沈沈地回到宅子裡。

下了馬車，她往屋裡走，卻發現郭善才跟著她。

「你跟著我做什麼？」

「妳說過要教我做菜的。」

柳惠娘聽了心中有氣，她今日不順，才知曉自己異想天開，心頭正憋悶著，這男人偏偏這時候撞上來。

學廚藝？其實是別有居心地接近她吧！

她心中壓著一股火，面上卻笑咪咪的，將他領到廚房，指著那些鍋碗瓢盆。

「你先把所有鍋碗全洗一遍吧。」

「全部？」

她笑咪咪地點頭。「是呀。」

看著她的笑，他立即點頭。「行，沒問題。」

不就是洗鍋洗碗？小事一樁，只要能接近她，叫他去洗茅廁也沒問題。

「那就開始吧。」柳惠娘笑了笑，人卻轉身出了廚房，留他自己一個人忙活去。

第一天，她叫他把所有鍋碗瓢盆洗一遍。

第二天，她叫他把灶臺地板刷一遍。

第三天，她叫他燒熱水，再把所有鍋碗都燙過一遍。

她吩咐完，人就離開了，留他一人在廚房裡做牛做馬。

待楚雄把所有交代的活兒都做完時，走出來，就見阿襄正津津有味地吃著肉包子，瞧見他，還指了指桌上一大盤肉包。「這是你的。」

楚雄看了看肉包子，問道：「她呢？」

「柳娘子帶潤哥兒回屋，餵他吃肉包子呢。」

這肉包是柳惠娘之前做好的，她在臥房旁邊開了個小灶，為了方便平日煮些簡單的料理。

她將醃好的肉剁碎，再揉麵粉、擀麵皮，做成肉包子，平日晚上若是餓了，開火蒸熟，立即可下肚。

這肉包子的精華在於肉餡，是她用特製的醬料醃過的，蒸熟後，不但肉汁飽滿，還頂飽，阿襄第一次吃就愛上了。

柳惠娘對她說：「天天炒菜也是挺費時的，肉包子既省時又省力，還能變著花樣做不同的肉餡。這肉餡都是醃過的，能久放不壞，一舉兩得。」

柳惠娘不只做肉包子，她還曬魚乾、製鹹菜、烙大餅，大餅夾魚乾搭配鹹菜一起吃，既方便又有飽足感。

後來她也指示郭氏兄妹一同來學揉麵皮，把麵粉加水揉成麵皮後，再將醃漬的肉餡包進麵皮裡就行了，至於好不好看不重要，她諄諄教導他們，東西「能吃」比較重要，至於外表，又不是拿去賣錢，不必在乎。

聽到柳惠娘在房裡，楚雄易容下的真臉黑成一片。

他想像中的孤男寡女、獨處一室，根本沒機會發生，甚至連佳人的面都見不到。這一連串事件下來，他再遲鈍也瞧出了端倪。

這女人是故意避著他呢。

阿襄身上忍不住泛起雞皮疙瘩。老大身上散發出的冷意，都令她起了寒顫。她瞄瞄老大，再瞧瞧屋裡，小心地開口建議。

「老大，人家是好女人，會避著外男也是人之常情，更何況還沒和離呢。」

這句話成功提醒了楚雄。

他摸著下巴想了想。說得也是，柳惠娘若是不知檢點，那麼容易被人勾三搭四去，也入不了他的心。

他楚雄不是只看女人的相貌，隨便哪個女人都行，他就喜歡柳惠娘的倔強，以及不輕易認輸的心。

想到此，他便釋懷了，收回冷意，瞟向阿襄。

「妳有什麼主意？」

阿襄瞪大眼，指著自己。「問我？」

「妳也是女人，要如何才能讓她接受我？」

阿襄雖是女人沒錯，但她是個男人婆，可一面對老大銳利的目光，她又不敢不回答，只好努力凝眉思考起來。

不知想到什麼，她的目光瞟過來，在老大身上左瞧右瞧，上下打量。

她平日跟柳惠娘相處的機會多，也會閒聊幾句，知道柳惠娘喜歡斯文的人。

「老大，要不你在身上抹個去疤膏什麼的，把身上的疤痕除掉，少曬太陽，把自己養白一點，再搽個粉，裝裝斯文人，說不定柳娘子會看你順眼些……」

當她看到老大目光越來越陰沈時，阿襄終於閉上嘴。

好吧，當她沒說。

老大的長相粗獷陽剛，要他裝成像弱雞一般的斯文男子，跟叫一隻老虎裝成一隻弱貓是一樣的困難。況且老大最瞧不起的，就是弱得跟女人一樣的斯文人。

楚雄瞪了阿襄一眼，轉身走人。

顯然她對他完全起不了興趣，而且還故意避著他。

他不是沒發現柳惠娘在疏遠他，他不明白，明明幾日前她對他的印象還很好，而且還挺信任他的，怎麼突然間就疏遠他了？

他不知自己是哪裡做得讓她不滿意？難道是因為自己要跟她學廚藝，惹得她懷疑自己別有居心？

不，她當時應允教他時，態度自然，並沒有任何勉強，甚至是願意的。

問題到底出在哪裡？難道真如阿襄說的，她嫌棄他是個粗人，肌膚太黑，身上還有刀疤……

楚雄一邊想，一邊低頭看向自己的手臂，忽然頓住。

他平日的穿著都是簡單俐落的窄袖勁裝，為了方便幹活，便習慣捲起袖子，露出兩條手臂。

他習武，手臂上有過去打殺時留下的刀劍傷疤，這傷疤襯托出他的英武，增添男人味。

平日他不在意，這時他卻忽然注意起來了，直盯著手臂瞧。

上頭除了刀疤，還有被人咬傷後留下的結痂齒痕。

楚雄瞇細了眼。

他易容只改變臉，沒往身上下手，如果……她記得他手臂上的疤，藉此猜到是他呢？

她有這麼精明？

他知道她是個聰明大膽的婦人，但在心底也只是把她當成是一個婦人，就算聰明，也只是比一般婦人機靈罷了。

會不會他其實小瞧了她，她比他想像得更聰明，更懂得不動聲色？

柳惠娘在屋裡和兒子一起吃肉包子，她還燉了一鍋青菜湯，配著肉包子吃，簡單又美味。

自從知道郭善才八成就是楚雄本人後，她便避開了大夥兒一起用飯的機會，故意做了可以分開吃的吃食，如此也不會讓人起疑。

她故意指使郭善才做些無用的粗活，也不怕得罪他。既然他想裝，她就陪他裝到底；他想近水樓臺，她就把所有機會掐滅，不讓他得逞。

這日，柳惠娘要出門，把阿襄和潤哥兒一起帶走。
楚雄在前院準備馬車，眼角餘光朝他們瞧去。
一旦心中起疑，他仔細觀察，便發現了她的改變。
以往她出門辦事，總會把潤哥兒留在家給阿襄照顧，自己一個人坐他的馬車出門，現在卻帶上阿襄和潤哥兒。
楚雄不動聲色，一切如常，馬車準備就緒後，載著兩女一子出了側門。
今日柳惠娘想去試試別家牙行，看看有沒有什麼機會。有阿襄和兒子在身邊，就不怕楚雄動她的歪腦筋。
她想找大官人家進府當廚娘，自是有她的道理和原因。
來到牙行所在的大街，柳惠娘牽著兒子下車，發現楚家在京城的商行居然也在這條大街上。
柳惠娘瞥了郭善才一眼，見他正站在馬兒旁欣賞街上的景物，看見楚家商行也面不改色。
她抿抿嘴，這男人可真會裝！
她心思一動，起了惡趣味，向郭善才走去，見他看過來，她故意道：「我能夠順利來京城多虧一位同鄉，他是我們母子的恩人，姓楚，叫楚雄。你幫我去楚家商行問問，他人是否安好？」她說這話時，同時留意他臉上的表情。

郭善才應允道：「我這就去問，柳娘子是否有話要帶給這位楚公子？」

柳惠娘溫和道：「你若是見到他，就說我很謝謝他，救人一命，勝造七級浮屠，他會有好報的。也說我祝他早日成家，找個溫婉賢淑、家世清白的閨閣女子，兩人共結連理，白頭偕老，子孫滿堂。」

郭善才聞言也笑了。「謹遵娘子囑咐，我這就去告訴他。」

他將馬繩拴在一旁的樹幹上，便往楚家商行大步走去。

柳惠娘一路盯著他的背影，直到他進入楚家商行為止。

他還真進去？裝得真像！喔，是了，他現在是郭善才，不怕別人認出他。

想到此，她有些得意，幸虧自己心細如髮，才沒讓他瞞騙過去。她嘴角微勾，抿出連她自己也不知的狡笑。

郭善才並沒有在商行內逗留太久，反而帶了一個人過來，此人是楚家商行的羅管事。

羅管事向柳惠娘打躬作揖後，開口道：「柳娘子，楚護衛至今生死不明，我家大爺十分擔心，放出消息找人，若有人能提供消息，可得賞金三千兩。」

柳惠娘瞬間瞪圓了眼。「三千兩？」

「是的，商行不幸，遇匪襲擊，楚護衛至今未有消息。他是我家大爺十分重視之人，只要有人能提供他的消息，皆能論賞，若能找到人，重賞三千兩。聽這位郭兄弟說，柳娘子也是跟著咱家商隊來京城的，不知您能否提供消息一二？」

柳惠娘忍不住看向郭善才，見他也是一副詢問她的表情，她必須強忍著，才沒抖動嘴角。

她努力維持面上的鎮定，好不容易撫平內心的波濤洶湧，才客氣地欠了欠身。

「妾身……不知，若有消息，一定告知。」

羅管事再次打躬作揖，朝她道謝。「如此，有勞了。」說完便告辭轉身，與郭善才點個頭，返回商行。

郭善才回過頭，便瞧見柳惠娘一雙灼灼如火的明眸，正直直盯著他。

他一臉納悶，摸了摸自己的臉，然後狐疑問：「柳娘子怎麼一直盯著我瞧？我臉上可有不對？」

柳惠娘硬生生收回目光，天人交戰後，僵硬地吐出兩個字。「無事。」

在她轉身背對他，往牙行走去時，沒瞧見楚雄雙臂橫胸，對她的背影露出痞笑。

從牙行回來後，柳惠娘還未從三千兩的震驚中回神，每當看見楚雄——不，應該是楚三千兩，當他從自己面前經過時，她腦子裡就浮現金光閃閃的銀兩畫面，一雙眼也忍不住盯著他瞧，目光複雜，表情難耐，似有隱忍，不是嘆氣就是咬指甲，一副天人交戰的模樣。

這情況看在阿襄眼中，也是頗為驚異，便將此事偷偷報告給老大知曉。

楚雄——也就是楚三千兩在聽完阿襄的敘述後，笑不可抑。他猜得沒錯，柳惠娘果然認出他了，這一試，就試出了她的破綻。

他拍拍阿襄的肩膀，讓她不用打草驚蛇，該幹麼就幹麼，他心中自有計較。

果然，自此之後，這婦人沒再刁難他，讓他獨自洗一堆鍋子，也沒如先前那般刻意避著他，一切恢復如常，只除了沒人注意時，她會偷偷盯著他，時不時咬著唇瓣，還是一副天人交戰的模樣。

得到注目的楚雄，對此非常滿意。

他懂她，這女人雖然有些小狡猾，但不會昧著良心辜負他人，不會在他救了他們母子性命，又一路把他們護送到京城後，為了銀子就把他賣了。

她早已認出他，卻不肯戳破他的身分，他便猜到她在打什麼主意。這女人是打算隱瞞到存夠了傍身的銀子，能在京城立足後，便搬出這宅子。

他豈會讓她趁心如意？

他這人有狼性，一旦咬住了獵物就不會鬆口，因此趁著晚飯過後，將碗筷收拾到廚房時，他忽然將她堵在角落，直直盯住她。

「妳一直偷看我，為什麼？」

他直白的問話把柳惠娘嚇了一跳，睜圓了眼瞪他。「胡說！」

「我沒胡說，妳偷看我好幾次了，阿襄和潤哥兒都可以作證，不信我叫他們過來對質。」

柳惠娘沒料到自己在掙扎要不要賺賞銀的目光，在旁人眼中像是在偷看郭善才。她拉下臉，嚴正反駁。「他們看錯了，你立刻給我讓開！」

楚雄不但不讓，還抓住她的手，揉在熾熱的掌心裡。「妳得給我個交代，妳偷看我，是不是喜歡上我了？」

「我沒有——哎！你放手！」

「妳不解釋清楚，我就不放。」

柳惠娘推不開他，又掙脫不了被他握緊的手，怒瞪他。「我就算看你又如何？我看你有沒有偷懶不行嗎？還以為你老實本分，沒想到是個登徒子，我可是有夫之婦，快放開！」

想掙脫他等同螳臂擋車，他既然堵住她，就不打算讓她再逃避自己。

「妳來到京城也有一段日子了，怎麼不去找妳那個丈夫？妳不找他，是因為不想，既然不想，為何不和離？」

柳惠娘火大了，狠狠瞪他。「和不和離是我的事，不關你的事。」

「怎麼不關我的事？妳不和離，我如何娶妳？」

柳惠娘愣住，接著氣笑了，冷冷嘲諷。「誰說我要嫁你了？」

「我喜歡妳，妳又偷看我那麼多次，咱們兩情相悅，何必忍著？」

「胡說八道，郭善才，你仔細聽好了，我不喜歡你。」

「沒關係，不討厭就行，這事咱們以後慢慢談，先說現在，妳一個婦人帶著孩子，總要想辦法在京城生存，還得考慮潤哥兒的未來，是走文考出仕還是考武舉，都得先做打算。這麼久了，他那個爹一直不來找你們母子，就是沒放在心上，妳和他總要做個了斷，這樣一直拖著，妳不在意，但潤哥兒怎麼辦？沒爹的孩子想在京城立足，身分上見不得光，對他十分不利，妳怎麼不為他想想？」

一談到潤哥兒，她就不依了。

「我怎麼沒為他想？我就是為他想，才隱忍不發，忍耐到現在！」

「不帶他去見他爹，也不和離，是為潤哥兒著想？」

「你懂什麼！他那個爹可不是省油的燈，瞞著咱們母子在京城做官，卻又不接咱們上京，擺明了嫌棄咱們，我若是貿然帶著潤哥兒去認親，他不認怎麼辦？以他現在的能力，找個理由休了我都行，棄婦的名聲可不好聽，傷了潤哥兒的心不說，他若是橫插一手，用潤哥兒的前程來要脅我怎麼辦？我一個婦道人家鬥不過他，總要先有個萬全的準備才行！」

他恍悟。「原來如此。妳有什麼打算？」

「民不與官鬥，得找靠山，這靠山必須官夠大，我若是能進大官府中當廚娘，雖是僕人，但是俗話說得好，打狗也要看主人，主人官做得大，僕人在外不至於橫著走，但也不用讓人小瞧。倘若他為了自己的利益，想趕我們母子出京，礙於我家主人，也會有所顧忌，不敢太明目張膽地對付我們母子或是趕我們出京，我這是未雨綢繆！」

楚雄很想對她說，不用這麼麻煩，要對付吳子清，交給他就行了，他一人足以保護他們母子，但他沒說，因為難得有機會與佳人多多接近，把姓吳的一下子就弄栽了，他還怎麼表現？

既然這女人想出口怨氣，他不能搶走她的機會，他不如順勢而為，反正有他在一旁幫著她，不會讓他的女人和兒子出事的。

他故意一副恍然大悟的樣子。「妳想進官宦人家府上當廚娘，原來是為了這個目的，找個可以壓住吳子清的大官？」

「沒錯。」柳惠娘頓住，忽然恍悟什麼，憤然道：「你怎麼知道我找官宦人家？你調查我！」

「妳早點告訴我，就不必這麼辛苦費事了，想進官宦人家府上當廚娘，不見得非找牙行，這裡頭水深得很，妳一個婦道人家鬥不過，得另闢蹊徑，出奇招。」

柳惠娘本來要質問他，被他這麼一說，又分神了。

「另闢蹊徑?出什麼奇招？」

楚雄一邊解釋，一邊自然地幫她把幾絲弄亂的鬢髮塞到耳後，語氣帶著寵溺。

「走後門唄，男人在前頭拚升官、鬥同儕，女人在後院也是各顯神通。妳是女人，該善用女人的優勢，那些後院女子平日為了男人勾心鬥角，肯定積了不少怨氣，聽完妳的故事，又見妳孤身帶著兒子，必然同情妳。要知道想教訓一個人，不見得要男人出手，大官夫人有的是手段。」

柳惠娘一時聽得專心，沒注意到他親暱的小動作，反倒對他說的話陷入沈思。

她一心想找大官當靠山，以官壓官，倒是沒朝後宅女子的方向去想，被楚雄這麼一點撥，彷彿從迷霧中找到一線曙光。

官夫人嗎？這倒是個不錯的法子，若是真能找到門路……

楚雄盯著她的臉，微微一笑。

他喜歡她動腦筋的模樣，那眼中充滿鬥志和熠熠光輝，抿緊的嘴有著倔強和不服輸。

與其哭鬧，她寧可想法子找出路。

他眼神幽深，臉龐緩緩逼近，兩人的鼻息縮短了距離，突然打斷了她的思路，猛一抬眼，與他的目光相撞，為他眼底那抹深邃心驚。

她急忙閃躲，驚覺無路可退，忙伸手去推，才發現自己的手還放在他掌心裡。她張口就咬，他側頭避過，順勢在她臉蛋上「吧唧」一聲。

偷香成功。

柳惠娘急了。「楚雄！你別太過分！」

他挑了挑眉，笑咪咪地看著她。

過了一會兒，柳惠娘才猛然驚覺自己說溜了嘴，對上他促狹的眼神，發現他一點也沒有被識破的驚訝，她才恍悟。

原來他早就知道自己已經識破他的易容，所以故意激她自露馬腳。

想清楚後，她也不裝了。

「你待如何？」

見她一副慷慨就義、等著憋屈受辱的模樣，楚雄嘆了口氣。

「惠娘，我若真想強妳，妳早就是我的人了，不會等到現在。妳這麼聰明，難道看不出來，我是真的心悅妳？」

柳惠娘抿了抿嘴，猶豫之後，決定還是把話說明白的好。

「我無意於你。」

她等著他大發雷霆，但他沒有，只是搖搖頭，一副恨鐵不成鋼的樣子。

「聽妳這話，就知道不會哄男人。妳既然知道郭善才就是我，也假裝被蒙在鼓裡，如今被識破了，也該想辦法安撫我，現在卻把話攤開來說，就不怕我一氣之下拿回一切，不管你們母子了？」

怕，怎麼不怕？她就是怕，才會利用他，好讓他們母子暫時有個棲身之處。但她也不想欠他，她怕給不了他要的，說到底，是她不夠狠，她不想在明知自己無法給他承諾時，又占他的便宜。

她剛才甚至做好了犧牲自己的決心，萬不得已就跟他睡一次，然後兩不相欠，一拍兩散。

楚雄盯著她，瞧她把嘴唇咬得鮮紅欲滴，咬得他心都癢了，真想不管不顧地親下去，偏偏對她，他越來越狠不下心，還挺心疼。

他楚雄可不是心軟的男人。

健臂一摟，他突然把她抱在懷裡，感覺到懷中女子身子僵硬，兩具身子貼近，他都能感受到她劇烈的心跳聲。

他可以忍住不要她，但總得給他一些甜頭，好壓住心裡那頭不安分的野獸。

他深吸一口氣，聞著她身上的香氣，壓下慾望，穩住心神後，才緩緩開口。

「給那些官老爺當廚娘，地位只是個僕婦罷了，換個地方做菜，那些官老爺、官夫人，只會把妳當菩薩供著。」

薄唇貼著她的耳，熱息輕吐，低啞的嗓音帶著蠱惑的磁性——

「我會幫妳，但做為回報，妳要做菜給我吃。」

第十章

京郊有不少佛寺林立，供京城百姓及皇族世家去膜拜上香。

楚雄駕著馬車，柳惠娘母子和阿襄坐在馬車裡，一行四人朝京郊的佛寺而去。

馬車從東城門出去，城門外是一片開闊之地，沿著官道一路往山林走。出了城門後，柳惠娘便打開車窗，看著窗外的風景。

沿路上春光明媚，風景如畫，這是他們母子來到京城後，第一次出城到郊外踏青。

潤哥兒和阿襄十分興奮，一大一小玩在一處，柳惠娘看了好笑，潤哥兒似乎很喜歡阿襄，兩人正在玩丟沙包，玩得不亦樂乎。

不得不承認，有阿襄幫她照顧潤哥兒，讓她省心不少，潤哥兒也因為阿襄的陪伴，整個人跟在杏花村時相比完全不一樣了，不但活潑開朗許多，每日都神采奕奕。

況且也不知怎的，他們來京城也不過兩個月，潤哥兒突然長高許多，身子也變壯了。

她雖然心有疑惑，但隨後想想，孩子在長身子，他又成天蹦蹦跳跳的，才突然拔高了吧。

她哪裡知道，潤哥兒之所以長高，是因為楚雄每日暗地裡的訓練，他還交代阿襄平日有機會便與潤哥兒過招。

這男人把潤哥兒當成未來的兒子看，便手把手地教，不像在杏花村時，多少帶了點目的陪他玩耍。

在楚雄的精心培養下，潤哥兒的身高當然就拔高了。

柳惠娘看著窗外美不勝收的景色，精神卻有些睏倦，因為昨夜她失眠了。

他說，他會幫她，唯一的條件，是要她做飯給他吃。

其實這條件說了等於沒說，因為平常都是她去廚房弄吃食給大夥兒，弄給他吃跟弄給其他人吃，根本沒什麼不同。

一想到他昨日摟著自己不肯放手，她的耳根子就禁不住發燙。

雖然他只是抱著她，沒做出太踰矩的事，卻將她的耳垂含住，親吮逗弄許久，害她一整個晚上都覺得耳根發癢，臊意難抑。

她原以為自己這回躲不了，他會乘機占她便宜，但出乎她意料，除了親吮她的耳垂，他沒再要求更多。

當時還是他將她推開，一瞧他的臉色和表情，她就明白他在壓抑什麼。

他明明想要卻忍住了，光是這一點，她就對他改觀不少。以前視他為心懷不軌的色胚，經過昨日，她想，他其實也沒那麼壞。

他對她是真的很好了。

女人的身子連著心，身子不願，就算給了，心裡也會生出怨懟。

如果他碰了她，她只會對他更冷漠，但他沒有，而是突然給她來這麼一招，不求回報。這麼對她，反叫她對他討厭不起來了。

對他，她也有感激，可是叫她以身相許……不行不行，恩歸恩，情歸情，她這看臉的毛病改不了，還是喜歡斯文儒雅的男人呀。

柳惠娘忍不住摸著自己的耳垂，跟自己天人交戰中。

「娘，您的臉好紅，不舒服嗎？」

柳惠娘突然回神，這才發現潤哥兒和阿襄正盯著她。

她藉故用手搧搧自己的臉，埋怨道：「這大熱天的，不好好待在家納涼，做什麼非要往郊外跑，瞧我熱得……」

阿襄立即從一旁的暗格裡拿出一把團扇。「夫人請用。」

柳惠娘頓住，這把團扇既精緻又典雅，上頭還繪了杏花樹。

她拿來欣賞，好奇問：「妳買的？」

「是我哥買的。」

柳惠娘手上的扇子差點掉下去，一個大男人去買女人的團扇！

她實在很難想像，他一個粗獷的大男人，站在店鋪裡挑選女人的扇子。

柳惠娘狀似漫不經心地「喔」了一聲，繼續裝傻。

阿襄受了老大的指示，趁此機會又告訴柳惠娘。

「還有這櫃子，是我哥找工匠師傅特別做的，裡頭設了暗格呢。瞧瞧這座椅，還加裝了軟墊，非常柔軟，免得夫人顛著了——」阿襄這話說得溜，不知道的人，還當她在賣馬車呢。

柳惠娘怎會不明白阿襄的意思？這是有人借她的嘴來說給自己聽呢。

聽完後，她補了一句。

「真是破費了，回頭我也添點銀子，就當租用吧。」

阿襄聽了立即擺手。「不用不用，我哥喜歡當冤大頭，就讓他破費吧。」

柳惠娘抖了抖嘴角，故意打了個呵欠，轉移話題。「我累了，先睡一會兒，到了叫我。」說完就閉上眼。

昨日為了應付他，情急之下，答應了今日之行。

她不知道楚雄要帶她去哪兒，問了阿襄也裝不知，但她知道，他是個有本事的，也不會害她，便來了。

雖是藉著小睡一下而轉移話題，但她確實累了，沒多久就真的睡著了。

原本在玩沙包的阿襄和潤哥兒，手上動作同時停下，轉頭瞧了她一眼，確定她睡著了，兩人互看一眼，立即放下沙包，開始徒手比劃招式，演練起近身戰。

這招式是楚雄想出來的。

楚雄早就發現潤哥兒有練武的天分，手腳靈活，一學就會，不過他才五歲，年紀尚小，不如從平日玩速度做起。像遊戲一樣教給他，讓他平日就與阿襄兩人對招玩。

當然，這跟射小刀一樣，都是瞞著柳惠娘的。

不知睡了多久，柳惠娘醒來了，看向兒子，見他和阿襄還在玩沙包。

她打了個呵欠，掀起車簾，朝外看去，這一瞧，不禁愣住。

一間佛寺矗立在眼前。

他說要幫她，怎麼到佛寺來了？

這間佛寺香火並不盛，但十分清幽，樹蔭林立，羊腸古道，門口有一位小沙彌拿竹掃帚在掃落葉。

馬車在佛寺門前停下，她瞧見楚雄下了馬，朝小沙彌走去，不知跟小沙彌說了什麼，就見小沙彌笑得十分開心，楚雄還摸摸他的小光頭，好似十分熟稔。

柳惠娘奇怪地看著，小沙彌隨楚雄走向馬車，還輕快地跳上前座，與楚雄坐在一起，跟著馬車駛進大門。

在佛寺前頭的廣場停下後，柳惠娘等人也下了馬車。

這間佛寺位在深山，它沒有雄偉的建築，也沒有鼎盛的香火，卻像是深山老林中一處遺世而獨立的秘境。

在他們下了馬車後，有幾位小沙彌出來了，接著一位和尚緩緩走出，慈眉善目地笑看他們。

楚雄走向和尚，朝和尚雙手合十，和尚也朝他回禮，接著兩人一同朝他們看來。

柳惠娘心有所動，此時楚雄一個眼神，她便知道他的意思。她牽著潤哥兒，阿襄跟隨在後，一起走向前，朝和尚見禮。

和尚對她微笑點頭，便領他們一起進去。

沿著階梯拾級而上，前頭是大殿，後頭是園林，和尚吩咐一位小沙彌領他們往僧房而去。

楚雄與她並肩走著，對她道：「這幾日咱們就住在此處。妳稍作歇息，午飯時會來叫妳。」

柳惠娘看著他，雖然她心中有許多疑問，但她沒問，只是點頭，來到僧房門口，便與兒子進了屋，阿襄則睡在隔壁的僧房。

僧房打掃得十分乾淨整齊，柳惠娘環視一圈後，走到窗前推開窗子，眼前一片青蔥蒼翠，此時春盛，綠意盎然。

其實適才在路上，不止他們一輛馬車，郊外遊人如織，途中也經過其他佛寺，只見香火鼎盛，去上香的百姓可不少。

唯獨這間佛寺不同，恍若方外世界，十分幽靜，她的心也奇異地平靜下來了。

她出生的杏花村也是山明水秀，但住在那兒時，她的心卻感受不了山水的潤澤，總是靜不下來，時時徨恐，深怕爹把她賣給人做妾或是賣給人牙子。

嫁給吳子清後，過了一段甜蜜的日子，丈夫便離鄉背井去了京城。她一方面要侍奉婆母，另一方面要照顧兒子，操持家中的一切，白日在人前歡笑，夜晚忍受著相思，孤枕難眠。

她的心從沒真正寧靜過，直到身在此處。佛寺的清幽、山林的靜謐，竟讓她感覺到從未享受過的平靜。

她獨自在寺中漫步，感受這份與世無爭，歲月靜好。

她這一生汲汲營營，似乎直到此時，才終於停下忙亂的腳步，得以休憩片刻。

她看著一景一物、一草一木，不知不覺中走到了一處竹林。繞過竹林後，見到一套石桌、石椅，有兩人正在飲茶、下棋。

她一眼就認出下棋之人是楚雄，另一人便是在門前迎接他們的那位和尚。

她正在猶豫時，楚雄突然轉過頭來，見到她，咧開了笑，朝她招招手，示意她過去。

柳惠娘正好奇，他似乎與和尚很熟，便走過去。

來到和尚面前，她恭敬地欠身。「大師。」

和尚見她如此恭敬，也站起身來，唸了聲法號。

「來，這兒坐。」楚雄沒站起來，而是很自然地拍了拍身邊的椅子，瞧這個親暱勁兒，不知道的，還以為他在叫自己女人坐下呢。

柳惠娘面不改色地把椅子挪了挪，挪到兩個男人的中間，隔了些距離，就好似在看兩人下棋的客位，才守禮地坐下。

「打擾了。」她歉然道。

與楚雄的隨意相比，她是十分拘謹而守禮的。

和尚微笑看她，轉頭對楚雄道：「這位女施主是個賢淑良善的。」

楚雄聽了，一臉得意道：「那當然，我看上的人，準是特別好的。」

柳惠娘瞪了他一眼。在出家人面前說什麼鬼話！不正經！

卻沒想到和尚也不介意，只是笑笑對她道：「子淵為人豪爽不羈，還請柳施主莫介意。」

柳惠娘愣住。「子淵？」

「這是我的字。」楚雄眼含笑意，對她道。

柳惠娘看了他一眼，「喔」了一聲，收回目光。

她面容平靜，不表示任何意見，假裝看不懂他眼底的意思。她是不會去記住的，也不會喊他的字，只會稱他一聲「郭公子」。

楚雄見她故意迴避，也不惱，他就愛她這一點。

「京城的皇族或官夫人來京郊各佛寺上香禮佛後，通常會在佛寺用午齋。」楚雄緩緩開口，一邊說，一邊盯住她平靜端莊的臉蛋，覺得甚美。

「佛寺的素菜素湯，加上白飯，頂多吃飽，若想講求美味，也就那麼一回事，對那些過慣了富貴生活的夫人們，素齋當然比不上平日的山珍海味。」

他心想，若她穿上綾羅綢緞，打扮起來，肯定不輸給那些貴夫人。

「但禮佛講的是心誠，她們自然不敢嫌棄佛寺的素齋。」

他早就注意到，她的睫毛很長，總喜歡在他面前低垂下來，遮住眼底的小心思，迴避他的注視。

「有些佛寺為了吸引貴人們來自家佛寺上香，增添一點香油錢，便會在素齋上下功夫。」

聽到這裡，那雙鬈翹的睫毛終於顫了下，緩緩抬起，藏在美眸裡的眼瞳有著些許波動。

他就知道，她能聽出他話裡的意思。

「幾間打出名號的佛寺，因為齋菜出名，香客也絡繹不絕，吸引了不少貴夫人前去朝聖，因此香火鼎盛。」說到這裡，他話鋒一轉，故意嘆息道：「不像這間佛寺，香客稀少，做出的齋菜一般，吸引不了那些貴夫人……」

每當見到她眼底綻放的灼亮，閃著躍躍欲試的光芒時，他也會眼神一亮，心隨她意動，目光受她吸引，情不自禁地追隨她每一個表情，就像現在。

「因此修了大師告訴我，他需要一個會做齋菜的廚子——」

「我會！」

柳惠娘到現在若還聽不明白，那也太蠢了，她終於明白他說會幫她是什麼意思了。機會是要自己爭取的，這時候她才不會矯情呢。

她看向修了師父。「我會做齋菜，若能為佛寺做齋菜，供奉佛祖，是妾身三世修來的福報，懇請師父給我機會，向佛祖菩薩展現我的誠心。」

意思就是師父您別請人了，找我就行，我不用給銀子的。

開玩笑，有這麼好的機會，就算沒銀子也要做，更何況是為佛祖菩薩供奉齋菜，求祂們庇佑都來不及了，哪敢收銀子？

修了大師始終含笑，對她的話一點也不意外，道了聲佛號。

「如此，便有勞柳施主了。正好兩日後，有一位貴人會來此地禮佛，暫住幾日，這位貴人的齋食，便交給柳施主了。」

柳惠娘聽到「貴人」兩字，立即恍然大悟。

楚雄說要幫她，原來不只是幫她找廚娘的差事，而是直接讓她見到貴人。

真是聰明！她在心裡暗讚一聲，她雖然不喜歡他這個糙漢子，但平心而論，她很欣賞他的聰明才智。

她目光熠熠，臉上終於有了笑意，不似原先那般拘謹而繃著臉。

楚雄既心疼她又感到好笑，這女人到了現在還在故作鎮定，她緊握的拳頭早就洩露了她內心的激動。

修了大師將兩人間暗湧的情緒看在眼底，始終含笑。

他喚來一位小沙彌，領著柳惠娘到大寮廚房，先去熟悉環境。

待柳惠娘福身告辭離去後，修了大師看向楚雄，這廝一雙眼還直勾勾地盯著人家的背影呢。

「你為了她特地來找我，替她安排為那位貴人做齋食，是認真要娶她？」

當四下無人，只剩他們兩人時，修了和尚說話也隨意了。

楚雄回過頭來，嘿嘿笑道：「當然。」

關於柳惠娘的事，楚雄沒有瞞他，以他們兩人過命的交情，楚雄是完全信任他。

楚雄無父無母，孤身一人，他的家人早在他十一歲時，死於一場瘧疾。

當年，他跟著遊民逃離家鄉，四處遊蕩。

貪官不仁，災民越來越多，最後匯聚成匪，十一歲的孩子在那個時候為了生存，很自然成了盜匪之一。

他有武學天賦，自學成才，匪寨裡人人凶殘，強者為王，他在狼窩裡打滾，想盡辦法往上爬，盜匪搶了金銀財寶，都是大人去分，輪不到十一歲的孩子，但他很聰明，專挑別人不要的。

在一次機緣中，他拿到了一本武功心法，那本心法外皮陳舊破爛，大夥兒的注意力都在閃閃發亮的金銀上，根本不會注意到那本破爛的冊子。

他撿回去，把書冊藏在身上，但他不識字，正苦惱時，遇上了被土匪綁來的修了和尚。

那些失去人性的悍匪，連佛寺的香油錢也敢搶，殺了貴人，把修了綁來，逼問他貴人用金子打造的佛像藏在哪？

修了說不知道，他們若問不出就要殺他，到了夜晚，輪到十一歲的男孩來守夜。他拿出書冊，學著大人用凶狠的口吻逼問修了和尚，認不認得上面的字。

修了點頭，他不但告訴他，還很有耐心地一字一字教他，為他解釋上頭的意思。

教完所有的字後，楚雄以為修了會趁此向他求助，認為他肯教自己識字，是為了生存，誰知修了教完後，卻什麼也不提，只是閉眼打座。

楚雄不禁好奇。「你不向我求救？」

修了睜開眼，奇怪地問他。「為何向你求救？」

「你肯教我，不就是怕死，想要我救你。」

修了搖頭。「你還是孩子呢，能生存下來已經不易了，我怎麼能拖累你？你快走吧，莫教人發現了，那本武功心法好好學，對你有大用的。」

楚雄驚異，奇怪地問他。「你不怕死？」

「死不可怕，怕的是死的時候很痛，所以我祈求佛祖，讓我走的時候快一點。」說完後，他又閉目養神。

楚雄聽完，不知怎的，一夜沒睡。

第二天，又是他守夜，修了奇怪地問他。「怎麼又是你？」

楚雄不語。

修了了悟。「喔，他們把差事推給你。」

楚雄惡狠狠道：「那是因為我有能力！」

修了點點頭，也不跟他爭辯，繼續閉目養神，可是有人卻不肯讓他睡覺。

「我想通了，你不跟我求救，是想讓我同情你對不對？告訴你，我是不會上當的。」

修了睜開眼，看著他帶著譏誚的眼神，似有所悟地安慰他。

「你不用良心不安，我不會怪你的。」

楚雄似一隻炸毛的小獸。「誰說我良心不安！」

修了忽然俏皮地吐吐舌，不再說話，繼續閉目養神。

兩人一夜無話。

可是最後，這個十一歲的孩子，憑著自己的聰明才智將他放走，救了他一命。

從那時候起，盜匪與和尚成了莫逆之交。

既然是莫逆之交，講話也不拖泥帶水，有什麼就直白地說出來。

「她是有夫之婦，你又不能強搶民女，我見她似乎對你無意，只有感恩，若她始終無意，你待如何？」

楚雄哼道：「她現在不喜歡我沒關係，日子久了就會喜歡了。」

修了想了想，突然打量起他來。

楚雄拿著棋子的手一頓，瞪著他。「看什麼？」

「看姻緣。」

楚雄瞪大眼，也不下棋了，直接問：「怎麼，你會看？」

面對他殷殷期盼的目光，修了一臉高深莫測地回答。「你肌膚白一點，瘦一點，斯文一點，或許還有機會。」

楚雄垮下臉，切了一聲。「老子就長這副樣子，換不了！」耍他呢，以為他聽不懂，哼！

他拿起棋子，繼續下棋。

修了卻是笑咪咪地看著楚雄手上的紅線，已經隱然若現，似有若無地往廚房的方向飄去。

第十一章

永安公主是當今皇帝的姊姊，虔誠禮佛已久，每逢初春時節，便會來千禪寺齋戒七日，以示敬佛。

永安公主喜靜，不喜他人打擾，因此挑上了香客稀少又地處偏遠的千禪寺。至於她到千禪寺齋戒七日的事，除了住持修了和尚與皇族子弟，百姓無從得知。

也得虧柳惠娘運氣好，在永安公主抵達的前三日，有足夠時間準備菜色。至於能不能引起永安公主的注意，就靠她的努力表現了。

在準備齋菜之前，她也特地齋戒沐浴一番，忌葷食、忌酒，每日早晚禮佛誦經，誠心祈禱。

這三日，楚雄倒是沒有打擾她。

平日他與修了和尚下棋、飲茶，每日清晨，天還未完全亮時，她起身梳洗後，去廚房準備齋菜，經過佛寺園林一處空地時，便會瞧見他早已起身，在那兒練功夫。

他穿著簡單的勁裝，腰間紮了條黑色的腰帶，默默地打著招式。有時候，她瞧見他盤腿而坐，閉目養神，似一個閉關清修的世外高人。

每日，他肩挑兩擔水，爬兩百多層階梯，來回數次，將所有的水缸注滿，或劈柴、或修繕，做一整日的粗活。

這樣的他，是她從未見過的。

他挑水、灑掃、砍柴、修繕、練功、吃素齋，彷彿一個帶髮修行的和尚。

這樣的他令她好奇，時不時的，忍不住多看了幾眼。

「他在千禪寺都是這樣嗎？」她好奇，悄悄問修了和尚。

「是的，他每回來到京城，就會來幫忙。」修了含笑道。

她忍不住嘀咕了一句。「還真看不出來……」

「算了算，楚施主做這些事，已經十二年了。」

柳惠娘咋舌，瞪大眼。「十二年？」

「是呀，那時候他還是個十一歲的孩子，貧僧的命，還是他救的。」

修了侃侃而談，將他與楚雄結識的經過慢慢說予柳惠娘聽。

才十一歲的孩子，就有本事憑藉自己的聰明才智，將他從土匪窩裡救出來。

一個是拿刀嗜血的狼孩子，一個是出家的和尚，本是八竿子打不著的兩人，卻從此結下不解之緣。

從那時候開始，十一歲的孩子每年都會到千禪寺找他，修了還記得那時候他的樣子。

這孩子每回來佛寺，身上總帶著新傷，但他從不會哭求別人的疼愛，他只會自己舔舐傷口，睜著一雙不馴的眼，渾身充滿了戾氣，彷彿下一刻就要張嘴咬人。

修了對他的傷也從來不問，只會默默地幫他塗抹傷藥。當時修了還不是住持，便把自己的僧床分一半給他睡。

「那時候，我總覺得自己好似養了一頭狼，累了就回來，不知不覺，竟已過了十二年，當年那個小夥子，如今已經長成了真正的男人。」修了感嘆，臉上掛著欣慰的微笑。

聽完楚雄的過往，柳惠娘一時間沈默無語，有些愣神。

她只當楚雄是個吊兒郎當又別有用心的色胚，沒想到原來他也有一段艱苦的成長過程。

十一歲的孩子在土匪狼窩求生存，多麼不易。

她親眼見過土匪的殘忍，無法想像當時的他經歷了些什麼，難怪他身上有那麼多傷疤，原來每一道疤痕都代表了一段悲慘的過往，而她，為了擺脫他的糾纏，曾經故意嫌棄他身上的疤痕，當時他只是笑笑，一點也瞧不出在意。

她突然感到愧疚，心裡沈甸甸的。

「不過，貧僧現在終於可以放心了。」

柳惠娘回過神來，疑惑地看向修了和尚，就見他一臉欣慰地開口。「如今他身邊總算有個懂得心疼他、知冷知熱的紅顏知己，如同一艘歷經風浪的行舟，總算靠岸了。」

柳惠娘呆愣。等等，什麼紅顏知己？是在指她？這位大師，您是不是搞錯了？

「不，我不是。」她趕緊否認，並補了一句。「我有相公，還有個兒子呢。」

修了疑惑。「聽說妳打算與妳相公和離？」

聽說？聽誰說？顯然是聽那個楚施主說的。

「不，我沒——」

「妳不和離？」

「也不是——」

修了看著她面有難色地猶豫，似是理解。

「柳施主莫為難，在這世間，人與人講求一個緣字。緣來，隨安；緣去，亦隨安，莫讓世間紛紛擾擾蒙蔽了自己的心。若有緣，自會成事；若無緣，也隨它去，依貧僧看，妳與楚施主自是有緣的。」

話說到此，修了道了聲佛號，便微笑離去，徒留她一人，在原地瞠目結舌，半天無語。

自從聽了修了和尚講述楚雄的過往後，柳惠娘便陷入了深思。

每回見到楚雄，她就不自覺多瞧他一眼。

楚雄正在指導一群小沙彌練功夫，她發現小孩子似乎特別喜歡他，就連她的兒子潤哥兒也一樣。

潤哥兒此時可開心了，來到京城後，不但有郭善才和郭玉襄跟他玩，到了千禪寺後，有那麼多小沙彌當玩伴。

郭氏兄妹畢竟跟他差了一大截歲數，不像這些小沙彌都是一群孩子，歲數差不了多少，小孩子天真無邪，一下子就混熟了，每日都玩在一塊兒。

平日貪睡的潤哥兒，到了佛寺也跟著小沙彌們晨起健身。

楚雄正在教年紀大一些的孩子們棍法，潤哥兒人小志氣大，拿著棍棒也跑來湊熱鬧。

小沙彌們瞧見了，說他年紀還太小，等大一點再學，否則棍棒不長眼，打到他就不好了。

潤哥兒卻不依，大聲道：「放心吧，各位沙彌哥哥，棍棒不算什麼，我連刀——」下頭的話被一隻大掌掩蓋，楚雄及時捂住潤哥兒的嘴，緊張地看向站在梧桐樹旁的柳惠娘。

她應該沒聽到吧？若是知道自己偷教潤哥兒耍刀弄槍，恐怕會氣得不理他了。

潤哥兒人小鬼大，反應也機靈，立即閉嘴，還與楚雄配合，對娘親招招手。

一大一小都瞇笑著眼，嘴角往兩旁拉開，對她咧開討好的笑。

明明不是父子，但笑起來卻同一副德行。

柳惠娘面無表情地看著他們，她什麼也沒說，轉身走開，留下這對作賊心虛的一大一小，忐忑地互瞧彼此。

她沒發現吧？

但也沒笑，不是在生氣吧？

這一大一小雖不是親父子，卻有共通點，就是很怕惹柳惠娘不高興，尤其是楚雄，潤哥兒至少是她的心頭寶，但他什麼都不是，跟著她沒名沒分的，連真面目都見不得人。

而他自從被她識破後，也不瞞著潤哥兒了，讓他知道自己就是他的楚叔叔，不過為了不讓楚家商行的人認出自己，他還是照舊易容，當他的郭善才，在京城行事起來也方便些。

柳惠娘雖然沒趕他走，但她的態度始終不冷不熱，淡漠疏離，不像潤哥兒，在知曉他就是楚叔叔的那一刻，小傢伙可熱情了，天天巴著他喊「叔叔」，不枉費他疼他一番。

楚雄在這兒怨嘆佳人是個捂不熱的白眼狼，卻不知柳惠娘適才只是故意板著臉罷了。自從她聽完修了和尚的一番話後，心中已悄然起了變化，對楚雄有了新的認識和不同的感受。

在楚雄不知道的情況下，她會悄悄注視他，細細回憶過往。

從杏花村到京城的路上，他救過落水的孩子，還分食肉包子給孩子們吃。

當時，她對他早有成見，只當他是道貌岸然的偽君子，故意在人前裝好人罷了。

如今想來，他並不是裝的，既然他都能冒著生命危險從土匪狼窩把修了和尚救出來，更何況是救一個溺水的孩子。

他對孩子的喜愛也不是裝的，看看他對這些小沙彌的態度就知道了。
原來這十二年來，他除了持續在佛寺砍柴挑水，且習得一身功夫後，便回來當教習師父，教導小沙彌練功強身，現在就連潤哥兒也每日主動早起，跟著大夥兒一起晨練。
柳惠娘知道自己錯怪他，心有愧疚，但又想到這也不全是她的錯，若不是他先前做的那些事，她又怎麼會給他臉色瞧。
他對別人好，卻獨獨欺負她，若不是他一開始對她有非分之想，故意輕薄她，她又豈會敵視他？
當初她覺得他像個土匪，沒想到她還真沒看錯，這廝真做過土匪，既然決定改過自新了，就該把那一身匪氣也改掉才對。
他對別人君子，卻獨獨把一身匪氣留給她，她不討厭他才怪呢！
不過話說回來，他雖然欺負她，卻也救了她。是惡人，亦是恩人，相較起來，恩大於過，換作其他女子，恐怕以身相許都是正常的……
柳惠娘一顆心七上八下，這些天一直處在這種矛盾又複雜的心思中，直到永安公主前來齋戒禮佛的這一日。
為了永安公主，她做了許多準備，又期盼了許久，事到臨頭卻忐忑不安又神經緊綳，心中生了怯意，怕自己不知天高地厚，這點小手藝在公主面前根本上不了檯面，怕自己搞砸了計劃，到頭來竹籃打水一場空。

楚雄瞧她患得患失的模樣，不免好笑。

「怕什麼，有我在，此法不靈，就另謀他法。妳就按照自己的意思做，就像平日給咱們做菜一樣，妳做得開心，咱們吃得也開心，不是很好嗎？」

柳惠娘原本十分緊張，被他一說，她的心神奇地平靜下來了，回頭瞧他，見他又是那張痞笑的臉，好似天塌下來，萬事有他頂著，貴人喜不喜歡她做的飯菜，都不是什麼大事。

她瞪了他一眼，哼道：「我哪裡緊張了，不過是慎重罷了，要你多管閒事。倒是你，在這邊礙著我，要是出錯了，我唯你是問，還不快去燒火。」

「行行行，都是我的錯，我這就去。」楚雄笑著討好，轉身去忙，以往她在廚房忙時，都是他幫忙燒火，這一回也不例外。

在他轉身時，不知道柳惠娘還盯著他的背影，嘴角彎起了笑。

連她也不知道自己在笑什麼，只不過突然想到，那曾經讓一方百姓害怕的土匪，如今在她面前伏低做小。她捫心自問，怎麼似乎……有那麼一點點的得意呢？

修了和尚湊巧經過，順道來關心一下，是否需要他幫忙，就剛好瞥見兩人鬥嘴的身影。

一條紅線連著兩人的手腕，雖然依舊若隱若現，卻比先前更明顯了些。

修了和尚彎起嘴角。

看來是不需要他幫忙了。

永安公主吃完齋菜，發現這齋菜與以往不同。

她喚來住持，詢問是否換了大廚？

修了和尚向公主稟報，有一女子，帶著兒子千里迢迢來到京城尋夫，這一路上驚險重重，她為了報答佛祖保佑，自願到佛寺做齋菜，這些素齋便是出自她的手藝。

永安公主吃過各家佛寺的齋菜，各家佛寺的廚藝她心中有數，差別只在廚藝的好壞罷了，唯獨今日這些菜不同，不僅廚藝好，更別出新裁，有許多是她從沒吃過的菜，又聽住持說做這些素齋的是個女子，一時興起，便想見見她。

柳惠娘聽聞公主要召見她，她閉上眼，深深地吸了口氣。

突然，有人握住了她的手，溫熱而有力。

她張開眼，看向楚雄，他正笑看她。

「去吧，天塌了，有我呢。」

她瞋瞪他，但這一次，她沒有甩開他的手，只是點點頭，直到他放開，她才轉身出去。

這次的齋菜用的都是京城裡買不到的山菜，那些貴人成日吃山珍海味，想用廚藝吸引他們是很難的，唯有出奇制勝，不枉費她每日上山尋野菜，專找平常吃不到的野菜、野菇，果然引來公主的好奇。

當一名女子隨著小沙彌走來，進了屋，向公主行跪拜禮時，永安公主和侍女們都愣住了。

她原以為會見到一位鄉下僕婦，倒沒想到會是這麼一位清秀佳人，不但面相生得好，舉手投足也很守禮，一點也沒有鄉下人家的粗野。

柳惠娘也沒想到，永安公主看起來那麼慈祥和藹，像個慈眉善目的老菩薩。

「皇家子弟都在爭鬥裡長大，心思深得很，面對這樣的人，很簡單，妳什麼都不必想，也別動任何心思，她問什麼，妳如實回答就對了。」

這是楚雄事前對她的叮囑，有了他的點撥，就像有了主心骨，來拜見公主時，也沒那麼害怕了。

雖說她已經打定主意不想靠男人，可在不知不覺中，她對楚雄產生了連她自己都沒察覺到的依賴和信任。

永安公主年過半百，慈眉善目，看似十分和藹，不過她謹記楚雄的話，絕不敢小看這位公主，姑且就把她當成鄰居老太太，而自己除了一份恭敬之外，還添了對長輩的尊敬與親切，如此對答時，便能保有樸實單純。

公主詢問她才答，沒問到的就不多說。而她運氣好，公主似乎對她印象很好，所以多問了些話，於是她將自己到京城尋夫的事說了個大概。

這些貴人聽三分話，便能料到十分事，當知道她的丈夫背著她在京城偷納新妾時，公主的臉色就沈了。

公主身邊的大宮女懂得主子的眼色，主動為公主開口。

「妳丈夫太不識好歹，竟放著你們母子在鄉下，一個人在京城納妾享福，不過是個妾，發賣就是了，妳好歹是正妻，該討回公道才是。」

這話的意思很明白，若她想求公主，公主出手不過是一、兩句話的事而已。

柳惠娘一臉感激，但謹記楚雄的叮囑，不驕不躁地侃侃而談。「實不相瞞，民婦並不在乎正妻的位置，而是打算另謀他就，自立更生。」

「哦？」大宮女聽了意外，瞧了公主一眼，知道公主被挑起了興趣，因此她代主子繼續接著問：「妳要和離？」

「是的。」柳惠娘苦笑。「強扭的瓜不甜，民婦的丈夫早已離心，否則也不會遲遲不接咱們母子來京城。民婦雖是鄉下人，沒見過大世面，卻是知曉道理的，他若不離，我亦不棄，他既有離心之意，與其占著妻位不放，與小妾爭寵，鬧得後宅不寧，民婦寧可帶著兒子，另尋安身立命之地。」

大宮女擰眉。「這豈不是太便宜他了？」

柳惠娘笑笑。「民婦並沒打算便宜他呀。」

永安公主和隨侍宮女們都一臉好奇。「哦？此話怎說？」

柳惠娘眼神發亮，語氣堅定地回答。「民婦打算在京城求個差事，能養活自己和兒子就好，等到日子安穩了，便找機會與他談談，為自己和兒子爭取些利益，畢竟這是家醜，依他的性子，肯定極力隱瞞，民婦擔心他會趕咱們母子離京，便來佛寺侍奉，求佛祖庇佑，指點迷津。」

說到此處，柳惠娘紅了眼眶，淚水懸在眼角，真誠地望著公主。「佛祖慈悲，竟讓民婦遇著貴人，民婦何德何能，竟有此奇遇。民婦也不求什麼，只求有個冠冕堂皇的理由和離，而非遭丈夫遺棄休妻。咱們母子只求在京城能夠光明正大地住下，不必遭受他人非議，便心滿意足。」說完她五體投地，向公主行跪拜禮。

永安公主看著跪拜在地的婦人，臉上有些動容。

本來她只打算看在這婦人做得一手好齋菜的分上，指縫間漏個小恩賜給她，叫她家男人把小妾賣了，卻沒想到這婦人令她大感意外，想法通透，只爭該爭的，不爭已經不屬於自己的。

永安公主身在皇家，那些男女之間的糟心事豈會不懂？她一心唸佛，便是把情情愛愛都看透了，如今只求內心的一份寧靜罷了。

這婦人是個好的，她所求不多，但永安公主認為，她求的正是最聰明也最值得的。

永安公主本是一旁靜聽，凡事讓大宮女開口，這會兒自己親自開口了。

「本宮與妳在此見上一面，也算有緣，既然佛祖庇佑妳，本宮豈能違了佛祖的意。箏兒是本宮的大宮女，就由她代本宮出面，幫妳把這事情了了吧。」

柳惠娘驚喜，含淚再度叩首行大禮跪拜。

和離之事可大可小，一個小小的五品官，永安公主出手管管他家後院，是他三輩子修來的福氣。

當大宮女箏姑姑坐著公主府的馬車來到吳子清府上時，令吳子清受寵若驚。

吳子清正值人生最得意的時刻，中了進士後，本該進翰林編修一、兩年再被外派，至於是留京做官還是被派到其他地方，就看個人運氣了。

他運氣好，搭上了吏部侍郎大人這條線，比別人升得快，從七品小官做起，一年後便升到從五品官，進了吏部。

他相貌生得好，在杏花村時，娶了村中最漂亮的女人做妻子，家中粗活不用沾，爹娘還賣了田產供他讀書，進京趕考。

京城物貴，為了省銀子，他借住在巴姓友人家中，少了租金，本以為這已是幸運了，卻沒想到紅娘牽線，在一次沐月樓詩會上，他結識了紅顏知己蘇錦繡。她對他一見傾心，有她照拂，他在京城的日子一下子富足起來，不必為銀錢擔心，凡事有她照看料理，他只需專心備考，不必理會俗務。

錦繡為他打理一切，吃穿用度都給他最好的，有她在一旁紅袖添香，他心無旁鶩，第一次就考中了進士。

來到京城後，可說是他人生中最順遂的時刻，官位、美人，以及財富都有了。

錦繡雖好，但他已有妻子，就算沒有妻子，錦繡的出身也只能當他的妾而已。

錦繡對他有恩，且不說恩情，誰能拒絕得了如錦繡這般的絕色？

在她為自己做了這麼多之後，他實在捨不得惹她傷心，因此他想出兩全其美的辦法，便是把妻兒留在鄉下過日子，再寄些銀錢回去，如此便能兩不傷害，既能照顧妻兒，又能回報錦繡，全了兩邊的情義。

吳子清自認把這一切都處理得當，也萬無一失，他更想不到，他那個向來溫柔小意又乖巧順從的妻子，會帶著兒子到京城尋他。

當侍衛打開馬車門，永安公主身邊的大宮女箏姑姑下車，他帶著府中所有人在前院迎接。

要知道，永安公主可是當今聖上的親姊姊，她派身邊得力的大宮女來，是不是代表皇上注意到了他？

吳子清想得太美，也是日子過得太順了，完全不知自己大難臨頭。

他臉上掛著笑意，直到箏姑姑身後的婦人也下了馬車時，他頓時一愣。

一開始，他還有些狐疑，接著臉色劇變，渾身僵硬，背脊發寒，直到額冒冷汗，還一臉不敢置信。

柳惠娘面色平靜地看他一眼，不禁感慨，三年未見，他氣色更好了，也更俊美了，做了官後，那氣度也不一樣了。

她的目光移到他身後那名美人臉上，只見她面帶疑惑，不知自己是何人。

柳惠娘曾經假想過好幾次，自己與丈夫相見時，會不會忍不住心中的怨憤激動，而失了冷靜？

結果她沒有，她不但冷靜，還能彎起嘴角，朝他欠了欠身子，客氣地向他見禮。

「相公，三年未見，惠娘這廂有禮了。」

此話一出，道明了她的身分，果然見到那位美人也變臉了。

柳惠娘必須承認，她嘴裡說不想爭，不過在見到吳子清和那位小妾恍若五雷轟頂的模樣時，她有種老天開眼，大仇已報的暢快得意。

有永安公主給她當靠山，柳惠娘談得很順利。

她要和離，兒子跟她，不再是吳家人，以後婚嫁各不相干。做為賠償，他必須支付一筆可觀的銀子，回報柳惠娘這幾年來為他侍奉公婆，以及辦理兩老的後事。

此事是私了，不會傳出去，因此也不傷彼此的名譽。

箏姑姑還宣了公主的旨意，吳官人已經負了髮妻，就不該再負了蘇錦繡，畢竟這女子在他來到京城陷入困境時，慷慨解囊，用自己的贖身錢接濟他，一片深情跟著他，甘心為妾。

如此有情有義的女子，也夠資格做他的妻了，因此公主欲成人之美，讓他和離後，抬蘇錦繡為正妻。

這是一記殺人不見血的重擊，吳子清不娶蘇錦繡就是要保全名聲，免得被人說他寵妾滅妻。

可現在公主作主讓他們和離，說是成全他和蘇錦繡，但明眼人都知道，他這是變心，有了新人忘舊人，別人只會罵他不義，不會說柳惠娘有錯。

他的仕途才剛開始，有了這個錯處，以後他在京城恐怕會受人指責和恥笑，甚至影響他的仕途。

想到此，吳子清只覺得胸中鬱氣難忍，他想求惠娘不要和離，但惠娘沒看她，她面色平靜，一點也不訝異他納妾，這表示她早就知道了。

她真是那個乖巧柔順、凡事以他為天的惠娘？

吳子清怔怔地看著她，突然覺得自己似乎從沒真正了解過她。

蘇錦繡原本見到相公的妻子找來了，一時心緒低沈，卻沒想到公主竟然作主，要抬她做相公的妻子，立即又欣喜若狂，可當她轉頭看向吳子清時，卻見到相公面色蒼白，一雙眼只盯著正妻。

他不願。

她是青樓歌姬，擅長察言觀色，這麼明顯的臉色，她如何會看不出來？

他說他們相見恨晚，若是早一點認識，他一定娶她做妻子，這是他這一生最大的遺憾，可惜他不能做不義之人，只能委屈她做妾。

她以為他們兩情相悅，是知己，只是天意作弄，讓他們認識得太晚。

如今上天給了他們一個機會，讓她終於能做他的正妻，他卻露出這張天塌的表情。

原來，他只是嘴巴說說，他其實並不想娶她做妻子，因為他嫌棄她的出身。

蘇錦繡低下頭，掩藏眼中的震驚與憤怒。她咬了咬唇，畢竟是受過嚴格訓練的歌姬，心中再不滿，也能以笑示人。

她整理好心情，再抬起頭時，已經面帶微笑。

沒關係，來日方長，她當初挑上吳子清，就是看好他的前程，長相清俊又有才華，但沒有其他才子那般眼高於頂，是個容易被她拿捏的人，如今她心想事成，終於當上了正妻。他願不願意不重要，重要的是，這是公主作主的。

思及此，蘇錦繡挺了挺胸膛。

她不會輕易認輸的。

有了永安公主的成全，柳惠娘終於順利和吳子清簽字畫押和離。

她，終於不必做棄婦，也不必擔心被吳子清趕出京城，能夠安心地待下來，帶著兒子開始他們在京城的嶄新生活。

第十二章

大晚上的，除了敲鐘做晚課的和尚，有兩個人沒睡。

一個是剛剛和離成功的柳惠娘，另一個是推波助瀾的楚雄。

柳惠娘睡不著，便坐在亭子裡看月亮。

她無心賞月，只想一個人靜一靜，偏偏有人不讓她獨處，硬要破壞她的寧靜。

她沒功夫，但有一個靈敏的鼻子，聞到沐浴過後的皂角味，知道有人在她身後。

她回頭瞧，只瞧見一個高大的黑影，被樹影遮蔽了大半，就著月光，隱約見到來人，那一雙銳目因為月光映射而灼灼閃爍，直盯著她瞧。

她冷道：「大晚上的不睡覺，站在那兒嚇唬人做什麼？」

楚雄從樹影中走出來，站在她身邊，同樣仰望著天上明月。

「這裡果然是賞月最好的地點。」

明明擔心她卻還在裝，看在他自從來到佛寺後就沒對她動手動腳，還算挺規矩的分上，她也懶得刁難他，只是擰眉嗅了嗅。

「你喝酒？」
「沒。」楚雄把掛在腰間的酒壺拿起來，晃了晃。「只是帶著呢。」
她瞪了他一眼。「你沒事帶酒來幹麼？難道你覺得我會跟你一起喝酒？」
楚雄摸摸鼻子，正要把酒收回，她卻突然伸手把酒壺拿過去，拔開酒蓋，嗅了嗅。
「劍南春？」
楚雄意外，知道她廚藝好，所以鼻子靈，但沒想到她能聞出酒名。
他咧開討好的笑。「知道妳心情不好，所以備了酒來，妳若不喝也沒關係。」
「你覺得我像是個借酒澆愁的人嗎？」
他嗅到一絲火藥味，立即改口。「當然不像。」
「既然不像，你還帶酒來？」
他一噎，立即陪著笑。「我的錯，別氣，我把酒倒了。」
「倒了？這裡是佛寺，把酒隨意倒在地上，明日香客聞到酒味，你是要害人家被誤會嗎？」
楚雄又是一噎，立即改口。「妳說得對，不倒不倒。」
不管她如何刁難，他都不生氣，一徑地順著她的毛摸，連柳惠娘自己都覺得在雞蛋裡挑骨頭了。

看著眼前極力討好自己的男人，她不禁想到自己前半生的男人吳子清。

吳子清是個清俊的讀書人，他性子溫和，有文人的風采，凡事講求規矩。

她與吳子清在一起，總是她努力討好他、伺候他，因為她瞧得清，吳子清喜歡順從的女人。她為了滿足他，故投其所好，讓自己成為他眼中乖巧柔順、以夫為天的妻子。

事實上，她性子烈，是個凶巴巴的女人，在吳子清面前的溫柔小意都是刻意裝出來的，只為了嫁給他，為了得他的寵。

她以為，自己一直維持他喜歡的樣子，就能得到他一輩子的疼愛，兩人和和美美地過日子，不會像姊姊她們那般被男人喜新厭舊。

她仰慕他的風雅和氣度，也盡力讓自己表現得溫婉端莊，她覺得這樣的自己才配得上他。

她裝得太久了，以至於都忘了自己原本是什麼樣子。

她相夫教子，賢慧大度，孝順公婆，可是到頭來，她還是被丈夫厭棄了。

難過嗎？

她當然難過，她難過了三年，只不過眼淚在這三年流乾了，今日不過是要個結束罷了。

她猛然灌了一口酒，豪邁得讓楚雄為之一愣，瞪大眼看著她一口接著一口。

楚雄反倒不習慣了。

「少喝點。」

他好心勸著，卻被她丟記眼刀子回來。

「酒是你帶來的，我真喝了，你又勸我少喝？你在耍我啊！」

「不不不，妳高興喝多少就喝多少。」

「哼！你是不是巴不得我喝醉，然後你好趁虛而入，到時候弄一個喝酒誤事的藉口，把我給吃了！」

他忙辯解。「妳也太瞧得起我了，我再色，也不可能在佛門清靜之地搞這種齷齪事。」

她瞇起眼。「你的意思是，換個地方的話，你就沒顧忌了？」

楚雄一噎。「行了，算我怕了妳了，妳還是別喝酒吧。」真怕她發酒瘋，伸手要把酒拿回來，被她狠狠用手拍掉。

「幹什麼動手動腳的！」

得，又被嫌棄了。「行行行，隨妳。」摸著被打疼的手背嘀咕。「對我這麼凶悍，有本事怎麼就沒見妳罵那個姓吳的？」

「你說什麼！」

「沒，我自言自語呢。」他討好地陪笑。

柳惠娘斜眼瞪他，見他賠罪，這才饒過他。

其實她也不知自己是怎麼回事，在聽過楚雄的過往後，漸漸明白這男人其實不如表面看起來的那麼壞。她對他的態度，從一開始的戰戰兢兢到驚疑不定，一直到如今的淡定，想說什麼就說什麼。

她其實早就不怕他了，不但不怕，還會故意挑事整他，每回見他吃癟，一副拿她沒轍的模樣，她就很解氣。

在吳子清面前，她從來不會如此凶悍，更不可能讓丈夫看到自己跋扈無理的一面，她表現給吳子清看的，從來都是賢慧溫柔的假象，即便受了委屈，她也要維持自己在丈夫心裡美好的形象。

如今想來，她不禁自問，她這麼裝著，到底求什麼？說穿了，也不過是求他的一世寵愛罷了，可是當見到他身邊的美人時，她就明白，自己裝得再賢慧，也敵不過那美人的一笑。

她不愛楚雄，所以面對他，她無所顧忌，什麼都敢說，也什麼都敢做。這男人也怪，她越凶悍，他居然越喜歡，黏上了還攆不走。

她不知道，自己現在刁難的嘴臉，其實是在跟他撒嬌。說穿了，她就是仗著他喜歡自己。楚雄要是知道，肯定樂死了，可惜他沒察覺，受她嫌棄久了，久到他都習以為常了，因此他根本沒朝這方面想，只當她是因為和離而心情鬱悶所致。

到最後，柳惠娘把整整一壺酒都喝完了。

她的酒量其實比吳子清好，只是怕丈夫嫌棄，才不敢喝多，或是故意裝醉，免得露出馬腳。

一壺酒喝完，也不過是微醺罷了。楚雄以為她在發酒瘋，殊不知她其實是藉酒裝瘋。

就讓他以為自己醉了吧，她難得想放任自己一回。她丟了酒壺，往旁邊一倒，靠在他肩上。

她也不知道自己為什麼會這樣，或許，她就只是想要找個東西靠一靠罷了，而剛好他就在一旁，身強體壯，正好給她當柱子。

楚雄怔住，不可思議地盯著她，因為這是她頭一回主動親近他。

他悄悄把臉低下，打量她的臉，見她閉著眼，雙頰紅通通的。

「惠娘？」

她沒反應，難不成真喝醉了？

男人跟女人不一樣，男人碰不得的，一碰火就點燃……

楚雄心癢癢的，四下無人，她又睡著了，還靠在他身上，花前月下，這時候很難不做點什麼……

其實他也沒想幹什麼，就是想抱抱她。他告訴自己，抱一下就好，這大晚上的，睡著了容易受涼，他不是碰她，就是給她一點溫暖……

悄悄抬起的手臂，緩緩圈住她……

「幹什麼？」柳惠娘冷不防地出聲，把楚雄給嚇了一跳，女人不知何時睜眼，冷冷瞪著他。

他吞了吞口水，尷尬道：「妳可別誤會，我是怕妳冷，萬一著涼就不好了。」

她坐起身，冷笑。「怕我著涼？所以就可以冠冕堂皇地吃我豆腐？」

楚雄知道躲不了，乾脆破罐子破摔，直白坦然。

「我是個男人，妳主動靠在我肩上，我當然會誤會了，想幹點什麼也很正常，況且我也沒想幹什麼，就是想抱抱妳而已。」

他說得理直氣壯，把她給氣笑了。

「我靠著你，那是因為我喝酒頭暈，你若是君子，就不該趁這時候動我的歪腦筋！」

「動歪腦筋怎麼了，男人對喜歡的女人本來就會動歪腦筋，妳又不是不知道我對妳是什麼心思。」

這話聽得她一肚子火。「男人若真喜歡一個女人，就不會輕薄她！」

他切了一聲。「就說妳不懂男人，那都是裝出來的，瞧妳那斯文的前夫，遇到美人，還不是道貌岸然納了妾！」

這真是哪壺不開提哪壺，可碰到柳惠娘的逆鱗，她氣炸了。

「那又如何？人家有本事啊，不但考上進士，還進吏部當了五品官，在京城混出個名堂來。你呢？你除了力氣比他大、比他壯、比他高，其他都不如他，最起碼當初他對我是明媒正娶，不像你，逮到機會就只會欺辱我！」

楚雄不甘了，她罵他什麼都沒關係，但是罵他不如吳子清那個娘娘腔，他就不依了！

「老子也說了要娶妳啊，是妳不願意！」

「想娶我？行，等你混得比他更出息了，我就嫁！」意思就是老娘賭的就是你沒出息！

她說的是氣話，一時沒過腦子就脫口而出，但楚雄不同，這是承諾、是賭約，他等了那麼久，終於等來她這句話。

他沒反駁，只是雙目如狼地盯著她，目光在暗夜裡幽幽閃爍。

他沈著臉，嘴角彎起了一抹痞笑，幽幽地開口。

「柳惠娘，記住妳今日的承諾。」

他站起身，不再多說，轉身離去。

柳惠娘瞪著他的背影，只當他是不想跟自己吵。

她哼了一聲，站起身也打算回房，腳不知碰到什麼，低頭一看，原來是丟在地上的酒壺。

她將酒壺撿起來。酒瘋發完了，人也舒暢了，決定抱著酒壺回屋裡睡大覺去。

柳惠娘一夜好眠，醒來時，也把昨夜的事拋在腦後，只當是兩人吵了一架。按往例，楚雄不會跟她計較，這男人臉皮厚如城牆，只會當沒事地又黏上來。

但是這一回她料錯了，她不知昨夜無心的一句話，入了某人的心，而某人為了她這句話離開了。

「他走了？」

「是呀，這是老大留給妳的信。」阿襄將信交給她，這是老大臨走前交代的。嫂子早知道他們是假兄妹，因此她也不用裝了。

柳惠娘狐疑地打開信，裡頭只寫了一行字。

記住妳的承諾，給爺洗乾淨在床上等著。

什麼玩意兒！

柳惠娘瞪著信，這沒頭沒尾的，讓人莫名其妙。人粗鄙，連寫的信都難登大雅之堂，什麼叫洗乾淨在床上等著！

這廝連一聲招呼都不打就走了，又留下這句話把她的心吊著。昨晚她承諾了什麼？她不過就是說了一句……等等，他該不會當真了吧？

「那死鬼去哪了？」

阿襄丈二金剛摸不著頭腦。「誰是死鬼？」

柳惠娘正要開口，這時候門被拍響，阿襄來到門口。「誰啊？」

「是我，開門。」

阿襄把門打開，見到高老七，立刻不客氣地問：「死鬼！你來幹麼！」

高老七大搖大擺地進門。「我是奉老大之命來的，讓一讓。」

在阿襄的瞪視下，他越過阿襄，來到柳惠娘面前，奉上笑臉，抱拳道：「老大說了，他不在時，由我給嫂子駕馬車。」

竟然連裝都不裝了，一個個都跑來喊她嫂子，她嫁他了嗎？她才剛和離呢！

柳惠娘正要開口，卻又來一人，這人不陌生，正是客棧掌櫃劉文昭。

「嫂子，這是楚老大的帳本，請您過目。」

很好，全都到齊了，柳惠娘一時也無暇跟他們計較「嫂子」這兩個字的稱呼，而是被帳本分了心。

「給我看帳本做什麼？」

「老大交代，他不在時，帳本由嫂子過目，幫他管帳。」

他們這些人全都奉了老大的命令，他不在，嫂子就是第二個老大，因為老大說嫂子已經全部知曉，不必隱瞞。

郭善才就是楚雄，那宅子就是楚雄為她準備的，連客棧都是他的產業，因此劉文昭奉老大之命，把家底交代給嫂子。

老大說了，像嫂子這樣的女人看似潑辣，卻是個十足的賢妻，要抓住她的心，就得先讓她管家。

把家底全交到她手中，她就算不肯，最後管著管著，就會管出了感情、管出了責任。有了感情和責任，就會負責到底。

她就是這樣的女人，楚雄瞧得很清楚，當初柳惠娘就是這樣管吳家的。

儘管吳子清三年未歸，書信中的字裡行間涼薄冷淡，柳惠娘也是安安分分地待在夫家，一直挨到公婆都過世了，才出發到京城找人。

在知道丈夫變心後，她其實可以去狀告官府，但她沈住氣，步步為營。雖說永安公主的線是他牽的，但能不能抓住公主的心，完全靠她的實力。

明明有公主為她撐腰，她大可乘機拿捏吳子清，但她想的不是報復、不是委屈，而是自己和兒子的未來。

楚雄與永安公主看法一致，這婦人是個通透的，她憑自己的聰明沈著與丈夫和離，這時候他再不把握機會放手一搏，就跟她那個丈夫一樣蠢。

姓吳的不知道他失去了什麼，這世間不缺美人，也不缺賢妻，但有相貌又賢慧，有情有義，看事通透，要同時具備這麼多優點的女人，可不容易。

楚雄向來懂得抓住機會，這樣的女人讓他遇上了，豈會放過？故而今日才有了劉文昭帶著帳本來找柳惠娘的這一齣。

柳惠娘很想罵人，她又沒嫁他，憑什麼要管他的帳！不過見到劉文昭一臉希冀求教的表情，她忍了忍。

她不跟他們說，找罪魁禍首去說。

「他人在哪？」

「老大說他去掙前程，做大官，將來衣錦還鄉，風風光光地回來跟嫂子圓房。」

柳惠娘聽了耳根發熱，又想開罵。「誰說要跟他——」等等！「你說他要去做官？」

「是啊。」

就憑他？

五大三粗、不通文墨的男人，如何當官？

看見嫂子的臉色，就知道她的疑問，劉文昭笑了。

「那是文官，要考科舉，不知要熬到哪年哪月，咱們老大是練武的，當然是做武官。」

柳惠娘驚訝。「他要考武舉？」

「非也，武舉太慢，老大從軍去了。」

聽到「從軍」兩字，柳惠娘變了臉色，她沒想到楚雄為了娶她，竟去從軍了。對柳惠娘這樣的百姓來說，從軍就是去打仗，當兵的日子是很苦的，他好好的楚家護衛不當，卻跑去當兵卒？

「你們就這樣讓他去了？不知道做兵卒很危險嗎！」

從前在村子裡，她還小，卻記得很清楚，邊疆要打仗，官府貼出告示，家中滿十五歲以上的男人都得入營當兵。

村人聽到男人要被抓去當兵，跟生離死別一樣，每晚都聽到女人和孩子的哭聲。他們柳家因為生的都是女兒，那時候最小的弟弟尚未出生，爹爹有腿疾，才躲過一劫。

男人尚兵，一別經年，幸運活著回來的，不是斷手就是斷腳，大部分送回來的都是噩耗。

楚雄這一走，柳惠娘只覺得心頭莫名慌亂，還有說不清道不明的空虛，好似心頭有什麼東西被人掏走了。

見她氣紅了臉，劉文昭也呆住了。

他還以為嫂子聽了會高興，畢竟老大是為了娶她才去拚前程的，為的是將來讓她風光嫁人，按道理嫂子聽了應該會感動才對。

但柳惠娘不感動，她只氣得想罵人。

「他以為他這麼做，我會高興？去他媽的高興！他怎麼知道他當大官後，我就一定會嫁他？他問過我嗎？我同意了嗎？他這是自作主張！」

她很氣，氣他不跟她商量就擅自作主，拿自己的命開玩笑，也氣他根本不了解她，她若喜歡一個人，根本不在乎他有沒有當官。

吳子清就是因為當官顯達了，所以心也變了。

她根本不稀罕男人是否高官厚祿，因為她要的從來就不是這些。

她要的是一個真心實意對她好的男人，是把她放在心上，不管去任何地方，心裡總裝著她的人。

她要的是夫妻和和美美，一世恩愛，白頭偕老。

這就是為何吳子清變心了，她選擇和離，而非死纏爛打。

一個心中裝了另一個女人的男人，已非她當初所愛，他長得再斯文、再儒雅，那也不關她的事了。

直到此刻，柳惠娘才意識到自己的心。

原來楚雄的離開竟會讓她心慌意亂，不知不覺間，這個長相不討她眼緣、性子粗鄙又狡猾，常令她氣結的男人，竟然已經悄悄占據她的心，可笑的是，她還來不及弄清自己的心，他就離開了。

在偷走她的心、強勢走進她的生命中後，他卻說走就走，簡直是……

可惡至極！

她渾身氣極的模樣，令劉文昭看了都怕。

柳惠娘氣極反笑。「娶我？他若有個萬一，還怎麼娶我？他就這麼不聲不響地走了，也不知哪年哪月回來，他這是又打算讓我守活寡？」

劉文昭張著嘴，半天不知道怎麼回答，柳惠娘也不需要他回答。

人都走了，說再多也無用，有本事他就別回來！若回來，她肯定照三餐打！

這一日，柳惠娘氣得誰都不見，就連潤哥兒也丟給阿襄照顧。

她需要一個人靜一靜，那個打不還手、罵不還口的男人，已經不在身邊了，她連個出氣的對象也沒有。

她將自己關在屋子裡，直到天黑，她才終於出了房門。

帳本就擱在桌上，她連看也不看，直接去了廚房。

阿襄帶著潤哥兒從後頭跟到廚房。

她和潤哥兒兩人擠眉弄眼，最後還是潤哥兒開口。

「娘……」

柳惠娘拿著菜刀，一臉陰惻惻地轉過頭。「什麼事？」

潤哥兒打了個激靈，立即改口。「我幫娘燒火。」轉身就溜了。

柳惠娘的目光轉而移向阿襄，阿襄打了個冷戰，立即道：「我去幫小少爺。」說完也匆匆閃人，出去時遇到高老七往這兒走，她伸手一拎，把人給拉走。

高老七擰眉。「幹麼？」

「不想死就別杵在這兒。」

高老七被她拖著走，也沒掙扎，直到離得夠遠了，他才低聲問：「怎麼了？」

阿襄指指廚房。「生老大的氣呢，別惹，像爆竹，一點就爆。」

高老七恍悟。「老大又惹嫂子生氣了？不對呀，老大都走了，還怎麼惹她？」

阿襄也不明白，她是男人婆，不懂女人的心思。

「也不知怎的，自從知道老大要去從軍，就氣到現在呢。」

高老七摸摸下巴，想了想，突然明白什麼，嘿了一聲。「有戲。」

「什麼？」阿襄睜圓了眼，豎起耳朵，表示洗耳恭聽。

高老七神秘兮兮地勾著她的肩，把她帶到一旁咬耳朵。

「嫂子想必是心疼老大了。」

「心疼？不是吧，我看她都想拿菜刀殺人了。」

「嘿，妳不懂，有些女人哪，口是心非，嘴上說不在意，心裡卻著急得很。依我看，老大這次跟嫂子肯定成事。」

他們從頭到尾看在眼裡，老大的追妻之路中間雖然多有曲折，但人心是肉做的，就算一開始不喜歡，可有個男人為自己做這麼多，久了多少會動心。依高老七看，嫂子那顆心應該是被捂熱了，生氣就表示在意。

阿襄終於聽懂了。「你的意思是，嫂子之所以生氣，是因為在乎老大？」

「豈止在乎？」他指指阿襄的左心房。「已經入心啦。」

阿襄恍然大悟，點點頭。

原來如此。

高老七本只是點一點她胸口的位置，沒想太多，但在指尖不經意碰觸時，感受到意外的柔軟。

他低頭看，這才發現阿襄的胸前鼓鼓的，竟是比先前大了許多，忍不住又用食指戳了戳。

咦咦咦？竟然不小?!

其實阿襄才十六歲，平日大夥兒混在一起，哥兒們隨意慣了，加上她是個男人婆，因此大夥兒也沒怎麼把她當女人看，但她終歸是女人，女人該有的她都有。

自從跟在柳惠娘身邊，一日三餐好吃好睡，每日負責陪潤哥兒玩，這日子過得美滋滋的，加上柳惠娘廚藝好，燒出來的飯菜不只美味，還很補身子。

這補了幾個月，原本平板的身材似是終於滋養成功，來了個後天的發育，加上陪潤哥兒晨練的習慣，竟是養成了前凸後翹、曲線玲瓏，該纖細的地方纖細，該飽滿的地方，一塊肉也不少。

阿襄感覺胸口癢癢的，低頭一看，就見高老七正用食指在她胸前兩團肉上好奇地壓一壓。

她奇怪地看他。「幹麼？」

阿襄在男人堆裡長大，小時候長得貌不驚人，加上平板的身材，因此不被人注意，而她自己也總是穿著男人的衣褲，跟高老七他們這些人一起廝混，很少有女人的自覺。

這一回要不是因為老大需要一個女人近身監視兼保護嫂子，她也不會穿回女裝，扮成老大的妹子。

老大眼中只有嫂子，自然是把她當成自己的手下罩著，但高老七就不同了，他才是那個一直把阿襄當自己小弟照顧的兄長。

阿襄的功夫有大半是他教的；她來月事時，是他幫她弄來月事帶的；兩人打架時，也是高老七讓著她的。

今日他突然意識到，小弟終於長大了，所謂女大十八變，她十六歲就這樣了，到了十八歲還得了，小弟不像小弟，越來越像小妹了。

他眉頭擰得更緊，目光在她身上打量。

像他們這些在狼窩裡生存的人，什麼骯髒事沒見過？男人最明白男人的劣根性。

「妳衣服穿太少，多加一件。」

阿襄瞪大眼，她衣服哪裡少了？大熱天的叫她加衣服？有毛病啊！她當然不聽。

高老七卻很堅持，就她這身段，出門肯定被人盯上，至於會盯哪個部位，他太清楚了。

不行，他得管著！

阿襄不知道高老七哪根筋不對，非要跟她槓上，她一邊罵罵咧咧的，一邊被他逼著回屋換衣裳去。

第十三章

自從楚雄離開後，宅子裡的氣氛就變得很沈悶。

雖說柳惠娘跟平日一般，種菜、養雞、醃菜、燒飯、烙大餅，日子該怎麼過就怎麼過，但大夥兒還是能瞧出她的臉色陰沈。

老大這回是真把嫂子氣著了。

柳惠娘不只是他們老大未過門的媳婦，還是他們的衣食父母呀，這一日三餐全靠她，所以柳惠娘心情不好，他們也全受影響，因為平日好吃的飯菜全都走味了。

不是太鹹就是太淡，偏偏他們還不敢抱怨，在柳惠娘陰沈的目光下，還得高高興興把飯菜全吃下肚。

這日子還怎麼活啊！

因此高老七和阿襄把主意打到了潤哥兒頭上，慫恿他去寬慰他娘一番，把這宅子氣氛弄好一點，要不然嫂子不開心，他們也是心驚膽跳的。

「你去安慰你娘，跟她撒撒嬌。」

「你是你娘的心頭寶，你說的話，她肯定聽。」

平日最得寵的小少爺潤哥兒，以往只要他撒個嬌、笑一笑，柳惠娘就會眉開眼笑，摸著他的臉叫聲「乖兒子」，或是抱在懷裡親一親。

大夥兒平日若闖了禍，例如不小心摔破杯子，或是練功時不小心捅破了窗紙，這時候就趕緊去巴結小少爺。

小少爺人小志氣大，會拍著胸脯保證。「放心，看我的。」

只要不是攸關性命或是偷盜人品的大事，他娘才捨不得罰他呢，他只需跑到娘親面前，跟娘認認錯，裝裝小可憐，他娘頂多嘴上訓誡一番，然後督促他不再犯，就笑著讓一切過去了。

潤哥兒正在長身子，飯量比以往都大，若是食不下嚥，他也很痛苦，因此他也希望飯菜能好吃一點。

他像以往那樣，跑去找娘撒嬌。

潤哥兒進屋找娘時，柳惠娘正在窗前發呆，手上拿著做到一半的衣服。

「娘！」

柳惠娘回過神來，見到潤哥兒，即便心情不好，打不起精神，她也彎起嘴角，對兒子露出慈母般的笑。

「潤哥兒，過來。」她笑笑地招手。

潤哥兒見娘笑了，開心地上前。

「娘在給我做衣裳？」

「是呀，我的潤哥兒長得快，舊衣裳都不能穿了，娘得給你做大一點的。」來到京城，每日晨練，潤哥兒足足長高一個頭，身子也變壯了，膚色也深了些，但柳惠娘覺得這樣甚好，男孩子還是要強壯點，而不是弱不禁風。

以往，她覺得男人要像吳子清那樣斯文才好看，但現在她改觀了，一個人好不好，跟他長得好不好看、斯不斯文無關，她只希望她的兒子頂天立地做人，有男子的擔當，因此皮膚曬黑一點無所謂，況且黑一點看起來很健朗，就像……

莫名的，她腦海裡浮現那張剛俊的五官，眉眼精銳，高大威猛，笑起來帶著痞性，放在外頭，只有別人小心他，而不是他小心別人……

她居然想起了楚雄。

說來也怪，以往她心裡總想著吳子清，想他的俊、他的風雅，以及兩人曾經的和美。但自從楚雄離開後，她腦子裡想的男人換成了他。

想他的痞笑、想他的狡猾，想他算計人時的精明，想他假扮成郭善才時的裝模作樣。

她還想到他練拳時的虎虎生風，想到他閉目養神時的專注，以及盯著她時，那眼神明亮如星火。

真奇怪，她現在看著潤哥兒，想到的不是他親爹，透過兒子的眉眼，她居然看到的是楚雄？

其實潤哥兒長得五分像她，五分像吳子清，在杏花村時，潤哥兒身形瘦小，白皙秀氣，大人瞧見他，都以為他將來長大會跟他爹一樣清俊斯文。

可是來到京城幾個月，她在潤哥兒身上再也見不到他爹的影子，反倒越來越像楚雄……

「咦？娘，這是誰的衣服？」

潤哥兒從另一個籃子裡發現了一件上衣，這上衣很大，他就算長高了，穿起來也還是太大，根本不是他的。

柳惠娘回過神來，鎮定地把那件衣服從兒子手上拿過來，輕道：「這衣裳不是給你的。」

潤哥兒好奇問：「不是給我？那是給誰的？」

柳惠娘沒有正面回答，只道：「你阿襄姊和高叔的衣裳都舊了，也該換新的了。」

柳惠娘以為自己把兒子糊弄過去了，但她不知道，兒子成長得很快，尤其在經過某人的特別調教後，那腦子變得鬼靈精的。

不過再鬼靈精，也還只是個孩子。

「哈！」潤哥兒像是有了大發現，一副「妳別想騙我」的得意樣。「我知道了，這上衣才不是做給高叔叔的呢，是做給楚叔叔的，因為楚叔叔都穿這種樣式的。」

潤哥兒為自己的聰明感到十分得意，卻不知聰明反被聰明誤的結果，就是被他娘惱羞成怒地痛揍一頓。

不但沒有安撫他娘，還摸著被捏腫的耳朵，被他娘警告，不准「亂說話」。

晚膳只有煮糊的麵和烤焦的肉餅，高老七和阿襄看著桌上的菜，兩人四隻眼睛地朝潤哥兒瞧去，小子睜著一雙無辜天真的眼，還有那明顯被捏腫的耳朵，一副「我犧牲我可憐」的表情。

他們把希望放在一個未滿六歲的小子身上，試圖讓他去扭轉乾坤，是他們蠢。

看來解鈴還須繫鈴人，偏偏這個繫鈴人又不在。

用過晚膳，沐浴更衣後，柳惠娘輕撫著兒子的頭髮。

白日她揍了兒子一頓，事後為此感到十分愧疚。

是她衝動了，其實不怪兒子，兒子不過是猜出事實罷了，他何其無辜。

柳惠娘心裡愧疚，正想著該如何跟兒子道歉，兒子卻跟沒事似的，跑到她身邊撒嬌，好似白日發生的事跟他無關，賴在她這兒睡得香甜，根本毋須她安撫，也毋須她道歉。

柳惠娘覺得一顆心被慰藉了，兒子的性子寬容大肚，不會鑽牛角尖，令她感到欣慰。

想當年，夫妻之間難免吵架，他爹有文人的拘束和規矩，他若是不高興，嘴上不會罵人，但態度卻很冷淡，讓她一夜難以成眠。

最後，道歉的總是她，小心翼翼的總是她。

兒子的個性不像他爹，真好。

她彎下身，在兒子臉上親一個。兒子沒醒，依然呼呼大睡，令她無聲笑了。

為兒子輕輕掖好被子後，她悄然起身，正要關上窗子時，忽然聽見後院的雞群起了騷動。

她擰眉，這聲音不對，不會是有什麼野狗野貓闖入吧？想到她養的那些雞，她立即披上外衣，往後院走去，還隨手拿了根木棍當武器，好趕走野狗野貓。

她一手拿著木棍，一手提著燈火，來到後院查看，卻突然驚見一抹高大的黑影，令她驚懼。

她以為是賊人闖入，二話不說，高聲喊道：「阿襄——」

阿襄和高老七是楚雄安排來護衛她的，她知道他們有功夫，因此一發現賊人，她立即高聲呼救。

她轉身逃跑，感覺身後賊人接近，她想也不想地用木棍往後一打，那木棍沒打著賊人，反倒被他一手抓了去。

她立即鬆手，不敢戀戰，但賊人更快，從身後抱住她。

柳惠娘知道自己適才一喊，阿襄他們一定聽到了，她只要拖到阿襄和高老七來就行。

她的拖字訣就是奮力一咬，賊人也奇怪，抱著她不動，被她咬了也不放手，只是「嘶」了一聲。

「老子五日沒洗澡了，妳也不嫌髒？等洗乾淨了再給妳咬，行不？」

這聲音……

柳惠娘一僵，鬆開嘴，吃驚地抬頭。適才燈火已經掉在地上熄滅了，只能藉由月光去看對方的臉。

雖然光線昏暗，她還是能從對方灼亮的眼睛認出來，他是被她認定已經出遠門，八成有好幾年不能見到面的男人。

此時此刻，楚雄鮮活地對她露出痞笑。

「膽子不小，反應算快，但還是不夠聰明，這時候應該要安靜地離開，而不是大聲呼叫。幸虧是遇到我，若是其他賊人，這時候妳已經被打暈或被滅口了。」

說到這裡，楚雄臉色一沈。「那兩個是睡死了不成？」

他明明嚴正交代那兩人要好好保護她，這時居然讓她一人陷入險境。

其實阿襄和高老七被冤枉了，他倆可是在宅子四周都設下陷阱，若真有宵小入侵，一定會觸動陷阱，偏偏這陷阱還是楚雄教他們的，因此當然擋不住他，他輕輕鬆鬆就避開陷阱躍進宅子裡。

他五天沒洗澡了，大晚上的，他本想先到後院從水缸裡舀水洗一洗，哪知驚動了惠娘。

當阿襄和高老七火速趕來時，兩人身上皆衣衫不整。阿襄身上只有薄薄的襯衣，她平常就穿這樣睡，一聽到柳惠娘呼救，她從床上跳起來就往這兒飛奔。而高老七是連上衣都來不及穿，只著一件褲子就飛奔而來，可見兩人都是十萬火急地趕到。

「我操！敢在你嫂子面前裸裎，你找死啊！」楚雄暴喝，一手還摀住柳惠娘的眼，惡狠狠地瞪著高老七。

高老七嚇得躲到阿襄身後，用她擋住自己打赤膊的身子，宛如姑娘家似的。

「老大別誤會，我這不是急嘛，以為嫂子出事了。」

「還不快滾回去，看了傷眼！」

「是是，我這就回去！」說完還不忘拉著阿襄走，沿路還聽到阿襄罵罵咧咧的。

「是你沒穿又不是我，幹麼拉著我？」

「爺的貞操還得靠妳掩護，夫妻倆團聚，妳不走湊什麼熱鬧？」

「原來你睡覺不穿衣的。」

「爺還裸睡呢，來得及穿件褲子已經不錯了……」

兩人的聲音漸行漸遠，獨留楚雄和柳惠娘兩人在後院裡。

把多餘的人趕走後，楚雄這才放下摀著女人眼睛的手，低頭看她，卻發現她正怔怔地盯著自己瞧。

「幹麼一臉見鬼似的，爺肚子餓了，有吃的不？」

柳惠娘沒回答，只是怔怔地問：「你不是去從軍了？」

「是啊，那當兵的日子果然不是人幹的，軍中伙食也根本不是人吃的，不但難吃還吃不飽，老子都懷疑那伙伕是怎麼活到現在的？」

楚雄罵罵咧咧的，還說改天要是讓他知道伙伕是誰，逮個機會把豬糞塞他嘴巴裡，好叫他嚐嚐吃屎的感覺。

他拉拉雜雜說了一堆，發現懷中女人怎麼沒動靜，這才停下來，低頭打量她。

他六識敏銳，能黑夜視物，自然能把柳惠娘臉上的表情瞧得清楚。見她睜著眼，直直盯著他，被他摟在懷裡，不但沒掙扎，也沒厭惡生氣，就只是盯著他，好似專注地聽著他說話。

這不尋常。

這女人的個性有多倔強，他是知曉的。十次抱她，有十次拚死掙脫，怎麼可能這麼安分地待在他懷裡，該不會是被嚇到魔怔了吧？

想到此，他擰眉，伸手去摸她的額頭。

她沒反抗，還乖乖地給他摸。

他心頭一沈，沒心思再說話，立即打橫抱起她。

「高老七！」

不一會兒，跟隻猴子似的猛然竄出來的高老七應聲回答。「老大！」

「快叫大夫，你嫂子病了！」

高老七驚訝，心叫不妙，趕緊應下。「是，我這就去！」

「等等！」柳惠娘開口，莫名其妙地質問。「誰說我病了？」

見她終於有反應，楚雄才稍稍鬆了口氣，但仍不敢大意。

「妳是不是嚇到了？是不是沒力氣？我以前抱妳，妳不是打就是咬，怎麼可能這麼乖？」

柳惠娘聽了怔住，她打量楚雄緊繃的表情，他臉上十分擔憂，好似她得了不得了的大病似的。再瞧瞧高老七和趕來的阿襄，兩人也皆是一臉緊張，好似她乖乖給楚雄抱，就是一件不可思議的事。

柳惠娘想了想，他說得沒錯，每回他乘機輕薄她，她哪一次不是氣極敗壞地堅決反抗？

他適才八成在沖澡，因此這會兒正打著赤膊，很方便她找塊身上較軟的地方。

他胸膛結實，硬得跟鐵似的，唯一一塊軟的地方，便是胸口上那兩粒粉紅色的小豆豆。

於是，她不客氣地張嘴，將多日累積起來的怨氣，化成力量咬下去！

「操——」楚雄忍不住罵娘，她什麼地方不咬，偏偏咬這地方。

男人也是有敏感之處的，被她咬的地方既痛且興奮，他都不知道這時候該呼疼還是該呻吟？

她這是在玩火！

見老大被咬，高老七忍不住感同深受地用手遮住自己的胸部，不經意往旁邊一瞄，瞧見阿襄正看得直瞪眼，瞠目結舌地張大嘴。

他擰眉，遮住她的眼。「別看！」

阿襄正瞧得精采，被人擋住視線，生氣地拍掉他的手。「為什麼不能看？」

這種事只有男人最懂，見老大丟了記眼刀子過來，高老七立即會意，伸手把阿襄脖子一拐。

「別打擾人家夫妻情趣。」不顧阿襄的抗議，架著她的脖子就走，心中開始計量，他改天是不是要丟個小本子給阿襄看，好叫她明白男女那回事，免得出門在外，被人輕薄了都不知道。

現在只剩下他們兩人了。

楚雄懷中抱著女人，不禁仰天長嘆。

天很黑，月亮很美，懷中的女人又香又軟，還用她的小嘴用力「親吮」著他的粉紅小茱萸。她這麼賣力地勾引他，他卻不能對她做羞羞的事，真是人生至憾。

「咬夠了嗎？別咬了，妳再咬下去，我會忍不住的。」

本以為懷中的女人不會理會，她卻突然鬆口，抬起頭問他。

「忍不住什麼？」

「忍不住想上妳。」

女人沈默了下，突然又是一咬，改咬另一顆小茱萸。

楚雄因為敏感，忍不住打了個激靈，不待這麼折磨人的，這女人是故意的！

泥人都有三分氣性，何況他是一個氣血方剛又禁慾許久的男人。

「都說了別咬這裡，妳再咬，小心我親妳！」

他咬牙切齒地威脅，哪知這女人似是跟他槓上了，不但不停止，還咬得更用力。

真當他不敢是嗎？

他坐在院子的石凳上，騰出一隻手來教訓這隻母老虎，抓住她的下巴，稍一用力，便讓她鬆了口。他臉龐欺近，懲罰性地在她嘴上親啄一下。

本以為她會大發雷霆，對他破口大罵，然而她卻只是抿緊唇，用一雙盈盈秋水般的美眸瞪著他。

楚雄愣怔。

她沒打他、沒罵他，也沒咬他，而是這樣不言不語地瞪他，是怎麼回事？

若是不知道的，見她這表情，還以為她在害羞哩！

咦？害羞？

他直直盯著她，在那看似嗔怒的臉上，終於發現了一抹酡紅。

她……在害羞？對他？

她這是……沒拒絕？他是不是可以將這反應視為應允？

楚雄喉頭滾動，死死地盯住她的唇。

為了確認，他又緩緩欺近，熱唇輕輕貼上那兩片柔軟，心中數著一、二、三……

她沒拒絕！

楚雄心中狂喜，再也顧不得其他，從小心翼翼試探轉為激烈的探索，品嚐她唇裡的甘甜。

柳惠娘閉上眼，任由他的火舌攻城掠地。

他的吻果然跟他的人一樣，霸道而直接。

她終於不得不承認一個事實，她喜歡上這個粗野的男人了。

原本因為他的突然離開而變得寒涼的心，此時因他熱情的吻而燃燒起來。

只有失去時，才知道他對自己的重要。

她想要這個男人！

當她張開芳唇，迎接他的探入，並給予回應時，楚雄如受雷擊，他迫不及待地抱起她，大步進了屋，直入臥房。

他先將她放到床上，再去關上門。

先前因為沖涼，所以他上身打著赤膊，下身只著一件褲子。

屋裡很暗，只有月光輕灑。

他的動作慢了下來，沒像先前那麼急迫，因為對她，他依然有疑惑。

她知不知道她這是一種邀請？他不想因為誤解而造成她的後悔。

他站在門前，將自己脫得一絲不掛。月光將他的身影照出來，她如果制止，他會停下，如果她沒有說不……

柳惠娘坐在床上，因為飢渴而偷偷吞嚥口水。

幸好屋裡沒點燈，不然一定掩蓋不了她臉上的紅潮。

她沒想到，除了前夫，有一天她會對另一個男人產生思春之情，在他吻住她時，她的慾望就被他挑起了。

她知道他在解褲襠，脫得一絲不掛，而她卻移不開眼。月光隱約照出他結實的線條，野性而強悍的體魄，令她的身子為此而燥熱。

她看著他緩緩朝她走近，似一頭蟄伏許久的豹，每一步都蓄著壓抑的力量，一旦釋放，便會朝她撲來，讓她逃不開。

她也不想逃了，因為她沒什麼好怕的，她這個嫁過人的婦人，在他眼中彷彿是個寶。

他了解她所有最真實的面貌，她最不堪的樣子，他都見過了，卻還要她，既如此，她也決定要他。
楚雄站在她面前，直直盯住她，嗓音低沈。
「妳若後悔，還來得及。」
柳惠娘挑眉，無畏地迎上他迫人的目光。
過了一會兒，丟回一句。
「我後悔了，請轉身好走，不送。」
她懶得去看他此時是什麼表情，他想當君子就隨他去，她拿下頭上的髮簪，順了順一頭青絲，拉過被子，打算睡覺不理他了。
就在她躺下時，身旁床榻沈下，男人的身軀壓了上來。
「幹什麼？你不是要走嗎？」
「不走！老子今夜要睡了妳，絕對不走！」
「哼！我答應讓你睡了嗎？」
「我讓妳睡，行不？」
「誰稀罕！」
「我稀罕，我日也思、夜也想，在夢裡不知做了多少次。」

「不要臉！」

「要臉就睡不到妳了，老子不要這個臉！」

「你——唔……」

楚雄堵住她的唇，兩手也沒閒著，將她身上的衣物剝得精光。

好不容易等到她的同意，他怎麼可能當君子？適才那話就是說說罷了。

在同一條被子裡，男人的堅硬與女人的柔軟，激起了整夜的火花。

他說到做到，他雖然不是她第一個男人，但沒關係，他只要能當她最後一個男人就行。

第十四章

原來，楚雄加入了京城的虎旗軍。

虎旗軍的軍營就在京城北城門外一公里處，他在軍營受訓了五日，今日休沐，因此昨日連夜趕回來。

也就是說，柳惠娘自己想錯了，她還保留著舊有的印象，以為男人去從軍會被派到很遠的邊防，就像在杏花村，去從軍的男人至此音訊全無，很難再見到面。

卻沒想到，京城的兵營就在城外，當天就可以往返。

「想我了對不對？」

楚雄摟著她的腰，意猶未盡地親吻她的肩背。

柳惠娘很想不理他，搞了半天，原來是她搞錯了，她原以為自此與他難再相見，下次見面可能要隔很多年，因此昨天見到他才會情難自抑，將自己滿腔情意傾洩出來。

哪知一夜雲雨後，直到清晨，經過楚雄的解說，她才知道自己誤解了。

楚雄也終於明白為何她昨夜會如此熱情，原來是怕他走了，今生再也見不著，才會捨身相許，抵死纏綿。

這誤會來得好！

他胸膛震動，悶著笑，逮著了機會，抓住想逃跑的女人，賴著她刨根問底。

「說，妳是不是想我了？」

「臭美！」

「昨晚的熱情可不是作夢，有人抱著我，眼淚鼻涕齊流，一副生死相許的模樣。」

「滾！」

楚雄哈哈大笑，愛極了這女人臉紅尷尬又耍賴的模樣。

柳惠娘正懊惱呢，以為再也見不到他，害怕失去他，因此一見到他出現，來不及深想，一時衝動就……想到自己昨晚一副深怕失去他，死纏著他，還在他懷裡放聲哭泣，她自己都覺得丟人現眼，簡直沒臉見人！尤其是瞧見男人得了便宜還賣乖的神情，氣就不打一處來。

「我想你走，滾開！」

「口是心非，妳昨晚的表現，可沒有一點都不想。」

他還敢說？她是纏著他沒錯，可是到後來是他需索無度，害得她現在全身痠疼得要命。

這男人胃口太大，一旦開吃，簡直就是飢不擇食的餓死鬼！

整晚下來，她幾乎沒睡多少，兩人的體力實在相差太多，她現在身體痠軟得一塌糊塗，下不了床。

「哼，我昨晚是失心瘋，才會發神經！」

喲？惱羞成怒了？

「沒關係，是失心瘋也好，發神經也罷，總之妳睡了我，就要對我負責。」

柳惠娘氣笑了，這男人的臉皮簡直跟城牆一樣厚！

她說不過他，就氣得咬他，咬著咬著，突然感覺不對，他某個部位又硬了，她腦中警鈴大作，立即求饒。

「我不行了！我疼！」她雙手推拒，不准他壓過來。

她一示弱，他就只能咬牙忍著。「那妳別勾引我呀。」

她瞪眼。「我哪有勾引你？」

「妳咬我，我會興奮。」

「……」

這人是受虐狂嗎？被咬就會興奮，她咬他那麼多次了，難怪他不介意，搞了半天，原來他很享受，簡直是禽獸。

柳惠娘獨守空閨三年，沒想到這一開葷，跟新婚初夜一樣，一時下不了床。

最後還是楚雄親自伺候她，而他非常願意，笑咪咪地親自去打熱水，親自給她擦身子。

她不肯，晚上黑燈瞎火的還行，大白天的，什麼都瞧得一清二楚，她反而不習慣。

「羞什麼，我能夜裡視物，就算沒點燈，妳全身上下我都能瞧得一清二楚。」

聽他說完，她覺得自己虧大了，又氣得擰他的胳臂。

他一點也不介意，還怕她擰得手疼，積極地給意見。「胳臂下方的肉軟，妳擰這兒。」

柳惠娘服了他了，一推一拒之下，還是被他擦了身子，又吃了許多豆腐。話說也怪，他人明明粗野，但是伺候起來居然很細心，把她伺候得很舒服。

她忍不住起疑，質問他。「你這麼熟練？伺候過多少女人？」

男人聽到這種問題通常會迴避，但楚雄卻正經八百地伸出手指頭數數。

「讓我算算。」十根手指頭被他一根一根掰算著，算到後來，居然不夠用，連腳趾頭也用上了。

柳惠娘瞪大眼，一副震驚的模樣，把楚雄逗得哈哈大笑。

「騙妳的，哪個女人像妳這麼凶，敢要本爺伺候，也就妳有這個本事，迷得我七葷八素的，極盡所能討好妳，爺的精力都用在妳身上了。」

這話她愛聽，不過她也不是天真的女人了，她知道以楚雄的性子和過往，肯定有過女人，但她不想去計較。以往她不識他，他也不識她，現在兩人既然在一起，她看重的就是現在、是未來。

「醜話我先說在前頭，你外頭若有老相好什麼的，就別來招惹我。」

「放心，只有妳，沒別的女人。」

「還有，我絕不跟其他女人共侍一夫，若是哪天你背著我在外頭找女人，我立刻帶兒子走！」

楚雄一副恨鐵不成鋼的模樣，嘆氣道：「原以為妳是個機靈聰明的，對土匪夠狠，怎麼對付自己男人就這麼笨？若是我背叛妳，妳就該拿刀醃了我才對，還應該趁著受寵時，想辦法把我名下的產業弄到妳名下，如此我若是找女人，便會有所顧忌。妳還得培養自己的人馬幫妳盯著我，把人安插到我身邊，這樣萬一哪天我對不起妳時，妳才不會人財兩失，還能教訓我這個負心漢。進可攻，退可守，才不會吃大虧呀。」

柳惠娘聽了瞪大眼，本來是她威脅他、警告他，怎麼這男人不氣，反倒怪她沒出息了？又聽他說得歡，教她如何對付男人的手段，如何吹枕頭風，讓她聽了都不知該氣還是該笑。

「你是嫌命長還是活得不耐煩？受威脅的是你呢，高興個什麼勁兒？」

「我當然高興了，媳婦第一次吃我的醋呢，表示妳在乎我。」

這男人簡直厚顏無恥，別的男人聽到了，只會口頭上發誓自己絕無二心，他卻反其道而行，教她更狠一點，像是怕她吃虧似的，見她吃自己的醋跟過年似的開心，興致勃勃地教她怎麼對付男人。

別的男人要女人三從四德，要女人隱忍，要女人犧牲，唯獨他教她不要吃虧，教她如何占他的便宜。

這男人呀，教會了她什麼是對她好，讓她享受到一個男人疼愛女人時，是如何為女人著想一切，捨不得她受丁點委屈。

她不禁細想和吳子清的種種過往，都是她極力去為他著想，極力去配合他。若她做得好，他便口頭讚美；她若做得不合他意，他便是長篇大道理，說得她心頭愧疚。

偶爾兩人冷戰時，最後先低頭的總是她，而他只需笑一笑，說幾句溫柔的話，她就高興得跟什麼似的。

吳子清對她的好，不過就是口頭上的溫柔，而她只因為他的溫柔、他的笑容，就認為他對自己很好。

說穿了，不過是跟姊姊們嫁的男人們相比，吳子清不會打人罵人，她就覺得感激涕零，其實，她不過是迷戀他的外表以及他的溫文儒雅罷了。

難怪楚雄說她不懂男人，他對她的好不只是嘴上說說，他用實際行動來證明對她的好。

想到此，她心頭一熱，在他臉上親了一記。

楚雄說得正歡，突然被她主動親吻，話語頓了下，見她眼中歡喜，依戀的美眸裡，清清楚楚地映照出他的影子。

他眼神轉為幽深，唇角勾起笑，聲音低啞了幾分。

「我這一生只會有妳一個女人，妳得想清楚了，跟著我，妳什麼都不必擔心，只要做好一件事，便是我胃口大，妳得想辦法餵飽我。」說著便去吻她。

可憐她這個小身板，掙扎不過，連哄帶騙地又被他折騰了。

她終於明白，這男人貪她如狼，胃口大如牛，一夜酣戰，對他來說不算什麼，與她枕間耳鬢廝磨，不過是暫時休兵而已，隨時可以出刀再戰。

她不過是一時情熱親他臉頰，就能惹得他興奮，這男人真是逗不得。

柳惠娘又被他吃了一次，累得呼呼大睡，直睡到下午才醒來。

她可不敢再讓楚雄伺候她起身，免得這男人一點就燃。

楚雄知道再吃下去，她就要翻臉了，為了以後著想，他放過她，讓阿襄打水進來伺候媳婦。

柳惠娘是鄉下女人，平日也沒讓人伺候的習慣，還叫阿襄把水擱著，讓她出去了，而且阿襄那笑嘻嘻又曖昧的眼神，讓她實在不好意思。

她漱洗淨身了下，剛換好衣服，楚雄便端了碗補湯進屋。

「妳身子太弱了，該補一補。」

她瞪他。不是她太弱，是他太強好嗎？

況且他吃了整夜，有哪個女人受得了，鐵打的身子也禁不起他的縱慾無度！

楚雄被瞪也無所謂，笑嘻嘻地抱起她，坐在桌前親自餵她喝湯吃肉。這一碗用中藥燉的雞湯，還是他親自去抓補藥回來熬煮的。

兩人成事了，柳惠娘也不像以往那樣拘束，反而很享受他的呵護。
她像個孩子似的被他抱在懷裡，由他親自餵食。
她從未被男人如此呵疼寵愛，跟楚雄在一起，她不用假裝，他也毋須她裝，她越潑辣，他越愛。
吃飽了，她也恢復了點精神，只剩腰痠而已，當楚雄把吃完的碗拿出去時，柳惠娘一人窩在屋子裡，不好意思出去。
她知道，她和楚雄昨晚睡在一處，大夥兒都知道了，阿襄把水端出去時，還朝她擠眉弄眼的。
既然她決定跟著楚雄，就不會瞞著大家。她現在是自由身，家中無長輩，可以自己作主，她唯一需要解釋的，只有潤哥兒而已。
想到潤哥兒，柳惠娘便有些猶豫。
她與丈夫和離的事是瞞著潤哥兒進行的，潤哥兒還小，她不想讓他參與大人之間的恩怨，就怕傷害他幼小的心。
她正躊躇著該如何跟潤哥兒啟齒時，潤哥兒就跑來找她了。
「娘，楚叔叔說他要當我爹了，是不是真的？」

柳惠娘差點把嘴裡的茶噴出來，好不容易順了順喉，才瞪著他問。

「他……他是這麼告訴你的？」

潤哥兒點頭。「楚叔叔說，他昨夜與娘洞房了，要挑個吉日拜堂成親，以後我就是他的真兒子，他就是我真的爹爹。」

柳惠娘愣了半晌，見兒子臉上並無異樣，也沒有生氣，只是好奇地來問她。

她不禁納悶，想到什麼，突然回過神來。

等等，兒子就兒子，爹就是爹，為什麼說真的兒子、真的爹爹？

她仔細問了兒子，誰知潤哥兒接下來的話，著實讓她大吃一驚。

「在杏花村的時候，楚叔叔說我已經有個真爹了，但是真爹不在，沒人教我功夫，他就收我當乾兒子，做我的義父。」

潤哥兒把一切經過從頭到尾都交代了，因為楚叔叔說了，現在不用瞞著娘了。

柳惠娘從兒子口中知道了一切，驚愣許久，無法言語。

原來楚雄在杏花村時就跟兒子玩在一塊兒了，他帶著兒子掏鳥窩、挖筍子、釣魚、泅水，這年紀的男孩子該玩的或不該玩的，他全教給潤哥兒。

那時候她心裡懲悶，心思都在生病的婆母和離家不回的丈夫身上，並未察覺潤哥兒的異狀，只是見他每日開心，她便放心了。卻沒想到，原來潤哥兒開心的原因，是因為楚雄的陪伴。

如今細思，她想起有幾回兒子回到家時，她在兒子的衣服上嗅到溪水的味道，她質問兒子是不是偷偷去水邊玩了？兒子不承認，當時她還揍了他一頓呢。

如今想來，原來那時候兒子就已經跟著楚雄去學泅水了。

她又想起，兒子手上不時會多出一些新玩具，有小木刀、草編的蚱蜢和竹蜻蜓，她問這些東西是哪兒來的？兒子只說村中的大人給的，所有的小孩都有。

她當時不以為意，因為這些都是不值錢的小玩意兒，因此也沒深究，如今恍然大悟，那些都是楚雄做給兒子的。

多虧這男人有心，早早就懂得賄賂潤哥兒了。她原本還擔心要怎麼跟潤哥兒解釋，沒想到那狡猾的男人早就跟潤哥兒打好關係，先當義父，再徐徐圖之，把他們母子倆都算計了。

她是該罵他奸詐，還是該誇他聰明呢？

人就是這樣，當初她厭棄他，他所做的一切，她都覺得憎惡；但是當她喜歡他時，他精心佈置的一切，她只覺得佩服，甚至還有絲絲的甜蜜。

這人哪，看事情的角度，原來會因為個人的喜惡而有所不同，柳惠娘不禁對世事無常感慨了一把。

真爹就真爹吧，這男人不僅對她好，也願意真心把潤哥兒當作自己的兒子照顧，柳惠娘還有什麼好挑剔的？

她笑咪咪地摸著兒子的頭。「養育之恩大於生恩，楚叔叔與咱們母子有緣，他雖然不是你的親爹，卻待你如親生兒子一般，比你親爹更好，所以他就是你的真爹。」

潤哥兒聽完，一雙靈目閃閃發光，嘴角向兩旁拉開，咧開了大大的笑。

柳惠娘也笑了，母子倆心連心，都為這個認知而真心實意地歡喜。

潤哥兒興奮地轉身跑出去，高興得大喊：「爹！娘答應了，我可以喊您爹了！」

柳惠娘呆愣，門外傳來楚雄豪邁的笑聲。「那當然，你娘是我媳婦，你就是我兒子！」

門外的楚雄將潤哥兒一把抱起來，對他笑道：「你爹爹我本名唐雄，以後你跟我姓唐，就叫唐懷安。」

楚雄本姓唐，楚姓是因為他在楚家商行受楚家大爺看重，視為自己人，因此賜姓楚，有意培養他成為楚家的左右手，但唐雄有自己的想法。

他當初當土匪是為了求生存，但絕不是長久之計，因此他帶著一批弟兄離開土匪山寨，就是想重新做人。

在朝廷攻打山寨之前，他得到消息，便提前帶著弟兄們偷偷離開，避居他處，因緣際會救了楚家商行的大爺，便順勢而為，暫時當了楚家護衛，跟著商隊到各個城鎮，他也趁此置辦田產和店鋪。

京城的喜來客棧就是那時期置下的產業，還有幾處田地，都安置他的弟兄們，好讓大夥兒有個安身之地。

如今他決定從軍，自然是要恢復原姓的。

潤哥兒是乳名，大名是吳懷安，他爹吳子清離家時，他還很小，一個嬰兒對親爹自是沒什麼印象，也沒機會培養父子感情。楚叔叔就不一樣了，在杏花村時，楚叔叔的出現代替了親生爹爹，填補小男孩心中需要的所有父愛。

如今知道楚叔叔將成為他真正的爹爹，潤哥兒高興極了。

「我叫唐懷安，我爹爹是唐雄！爹爹！」

「乖兒子！」

一大一小都不忸怩，兩人抱在一起哈哈大笑，雖不是親父子，卻更勝親父子。

柳惠娘站在門口，將父子倆的互動全看在眼裡，當楚雄——不，應該叫唐雄，當他朝她望過來時，她瞋瞪了他一眼，轉身回屋。

唐雄目光閃爍，在潤哥兒耳邊說了句話，然後將他放下，潤哥兒便樂呵呵地跑去找高老七和阿襄玩去了。

唐雄大步朝屋內走去，跨過門檻，目光一掃，見內屋簾子晃動，知道女人是進內屋了。

他轉身將外門關上，快步往屋內尋人，瞧見柳惠娘正坐在桌前縫著潤哥兒的衣裳，見他進來了也沒理他。

沒生氣，沒瞪人，就是默認潤哥兒喊他爹了，唐雄與她一路相處下來，也摸清了她的脾氣。

他笑嘻嘻地拉來椅凳，坐到她身邊，一手摟住她的腰，在她耳邊輕聲細語。

「娘子，替為夫新做的上衣在哪兒？」潤哥兒就是他的眼線，知道這女人偷偷為他做了衣裳。

柳惠娘睨了他一眼，重重哼了一聲，不理人，繼續縫潤哥兒的衣服。

唐雄就喜歡她這個調調，她跟他在一起能做回自己，就表示她很自在，兩人頗有新婚燕爾、打情罵俏的情趣。

柳惠娘看似專心縫衣，實則心跳加快。

這男人的氣場太強大，屬於他的氣息充斥整間屋子，她不看他，都能感覺到他身上的熱度，以及盯著自己不放的灼灼目光。

還有那不安分的手，摟著她的腰，緩慢地揉捏，如溫水煮青蛙似的撩撥，惹得她的心神恍若浮在水上一飄一盪，無法靜下心來。

她終於忍不住抓住腰間不安分的大掌。「別鬧，給兒子縫衣呢，就不怕針扎到我的手？」

唐雄便不鬧她，摟腰改為雙臂圈抱，把下巴擱在她肩上。

「咱們挑個日子成親，越快越好。」不是詢問，而是決定，他不過是來通知她罷了。

柳惠娘的心裡暖暖的，男人有沒有心，就看他的作為，他主動提，就是把她放在心上，為他們母子著想。

他們母子住在這兒，胡同裡左鄰右舍的，總會好奇打探他們母子的來歷，久久見不到男主人，便會隨意猜測。

若她與唐雄成親了，唐雄就不用易容，能以真面目示人，當成是孩子的爹從遠方歸家，一家三口和和美美過日子。

想到日後的遠景，柳惠娘就滿心期待。

她嗯了一聲，感覺唐雄因為她的同意而圈緊了雙臂，她也放鬆了身子，靠在他的胸膛上。

此時此刻，歲月靜好，幸福滿溢，充斥在彼此的心間。

「明日回營，我就跟校尉大人說去，請他做個媒人，選好日子來提親。」

柳惠娘頓住，經他一提，她才想起自己有事跟他商量。

「何時歸家來？」

「歸家」兩字聽起來真順耳，這女人總算把他當自家男人看了，這柔柔的嗓音、軟軟依戀的身子，都變得不同了。

「下回休沐是十日後。」

柳惠娘怔住，擰眉道：「休沐？你還待在軍營做什麼？找個理由回來吧。」

唐雄也怔住。「這怎麼行？當兵不是兒戲，既然從軍，不是想不去就不去的。」

柳惠娘認為兩人既然在一起了，就該日日相處，唐雄去當兵只是因為當時她藉酒裝瘋，說了氣話，兩人因此置氣。

既然他們要成親了，唐雄就沒有去從軍的必要，該想個辦法歸家才是。

「你這麼聰明，一定能想個辦法回來，別去軍營了。」

她才不要他去當兵呢，去楚家商行做護衛就很好，或是兩人一起經營喜來客棧，他是東家，而她是東家娘，她做的醃菜也可以放在客棧裡賣，不用去市集擺攤。

她以為自己想的也是唐雄要的，哪知他根本不是這個意思。

「不行，要當官只有入軍營一途，老子既然要做官，就要做大官，妳等著，不出三年，老子一定給妳掙個將軍夫人的名頭回來！」

第十五章

尚未成親，兩人就吵得不可開交，嚴格說來，是柳惠娘單方面不理會唐雄。

她反對他去從軍，反對他為了當武官，用自己的性命去爭。

她不在乎什麼將軍夫人，她寧可安安分分地當個小老百姓，與他平平安安地過日子。

唐雄其他事都順著她、願意討好她，可唯獨這件事，他卻堅持不從，硬是要去掙個前程。

柳惠娘就不明白，他為了討好她，無所不用其極，好不容易她接受他了，兩人正是濃情密意時，他卻要走上武官一途。

當年，她與吳子清也是處於濃情密意時，為了前程，他離開了她，一人前往京城，分隔兩地。

隨著時日越久，那情意也漸漸變淡。最終，丈夫發達了，因著身價水漲船高，他便看不上她這個糟糠妻，眼中只有華屋美妾。

柳惠娘從來不貶低自己，她不求榮華富貴，也不稀罕心裡沒有她的丈夫，但人心畢竟是肉做的，那種心碎的感覺，她是不願再重來一次了。

唐雄現在是愛她、對她好，但誰知道他發達後會如何呢？人心易變，她讀過話本子，也聽過說書，加上姊姊們的下場，讓她明白一件事——這世上從不缺負心郎。

柳惠娘因此事置氣，將他拒於門外，不准他踏進房門一步，並撂下狠話，他若執意要去從軍，她絕不嫁他。

休沐結束，唐雄不得不趕回軍營。直到他離開的那一日，柳惠娘都不肯見他。

唐雄沒辦法，在走之前，站在門外對她好言相勸。

「媳婦別氣啊，我回軍營了，妳等著我，十日後，我就趕回來。」

「我不是你媳婦，你走了就別回來！」

「今生今世，我就妳一個媳婦，不會有其他女人。還有，媳婦好好保重身子，說不定妳肚子裡已經有了咱們的孩兒。」

「滾！」

「好好好，我滾，晚上涼，記得多穿件衣服，有什麼事告訴老七，他會通知我。給妳的體己錢，我都交給阿襄了，若是不夠，就叫阿襄去找文昭拿，我的就是妳的，我的人也是妳的。」

不管柳惠娘愛不愛聽，他站在門外，足足說了半個時辰的好話來哄人，眼看不走不行了，只好依依不捨地告別。

「我真的走啦，媳婦，開門讓我看一眼吧。」

屋中人似乎罵累了，不再出聲。

「我真的走啦，媳婦——媳婦——媳婦——」

「你要走便走，不送！煩！」

「媳婦精神好，中氣十足，我就放心啦，十日後，等我回來。」

唐雄看看房門，見女人真的氣著了，不打算開門。

他搖搖頭，時辰不早了，不容許他再耽擱。

臨走前，他跟潤哥兒交代了些事。「你每日按時晨練，不得耽誤，十日後爹回來考核你的功夫。」

「爹爹放心，我一定不會偷懶的。」

「好好照顧你娘，幫爹看好人，可別讓你娘跑了。」唐雄故意說得大聲，同時往房門瞧去，人還是沒出來。

他摸摸潤哥兒的頭，又吩咐了幾句，人便躍上馬背，策馬離去。

柳惠娘雖然在屋裡，但外頭的說話聲她聽得清，知道人走了，氣得她用力捶床。

她打定了主意，他若一天不歸家，她就不嫁他，她才不要再過著與丈夫分開的日子。

十日後，又到了休沐的日子，唐雄也如期趕回。

這段日子，他吩咐手下們幫他好好盯著媳婦，真怕那女人一氣之下就跑了，他得防著。

他一踏進家門，先把高老七和阿襄叫來問問，擔心媳婦這幾日生悶氣，過得不好。

「沒，正常著呢，是吧？」高老七看向阿襄。

阿襄點頭。「很正常，嫂子三餐飯菜都煮得很好吃，沒事。」

高老七瞪了她一眼。就知道吃！胸部都鼓出來了！

阿襄回瞪他。要你管！老娘前凸後翹，又沒礙著你！

唐雄問不出異樣，心想她是不是氣消了？

也是，都十日沒見了，哪會氣那麼久？

十日沒開葷了，唐雄只感覺腹部一陣熱，便興匆匆地去找媳婦了。

此時柳惠娘正在後院餵雞，潤哥兒在一旁幫忙，忽然瞥見那熟悉的身影，小傢伙興奮地站起來，衝向唐雄。

「爹！」

潤哥兒長得快，力氣大了不少，不過對唐雄來說不算什麼，他張開雙臂，將潤哥兒抱起來。

「長高了，又壯了！」

男孩子一天大一寸，唐雄很有成就感，相較在杏花村，小傢伙來到京城後被他養得又高又壯，男孩子就是要這樣才好！

他抱著潤哥兒，目光朝那抹倩影瞧去，只見她瞧了他一眼，便繼續去餵雞。

唐雄目光閃爍，放下潤哥兒，牽著他走過來，二話不說，立即上前幫忙，像以往那樣，砍柴、挑水，包下所有粗活。

他一邊幫忙，一邊眉眼不住地偷瞄她，故意在她身邊晃。

柳惠娘沒理他，繼續做自己的事，待餵好雞，要往水槽添水時，唐雄立即接手，拿起水桶，把水槽倒滿，回頭對她咧開了笑。

柳惠娘冷淡地轉頭，當沒瞧見，繼續去忙其他事。

唐雄摸摸鼻子。媳婦還在生他的氣，不過比上回好，上回是連房間都不讓他進，這回只是不理人而已。

不管她做什麼，唐雄就一路跟著，她的眼神瞟向哪兒，他的手就伸到哪兒，在她動手做之前，自己就攬下來做，活似隻蒼蠅在她身邊轉溜。

女人生氣時一定要哄，男人的臉皮厚，要先低頭。床頭吵，床尾和，才是正理。

唐雄現在不能天天看到媳婦，心裡想念極了，只想著逮到機會與媳婦恩愛一番，見柳惠娘雖然冷淡，但並沒有趕他走，他只當她餘怒未消，在跟他鬧彆扭罷了。

他也不介意用他的熱臉去貼她的冷屁股，總是笑嘻嘻的，到了掌燈時刻，他跟在她後頭，一路跟她回房。

柳惠娘終於開口，轉身怒瞪他。

「你想做什麼？」

「媳婦。」他立即裝出可憐兮兮的表情。

他知道她是心軟的，不如表面的冷硬心腸，一旦她把一個人放在心上，不管如何，她都不會置之不理。

就拿高老七和阿襄來說，她明知他們是他安排的人，她也仍舊善待他們，由此可見她的心地柔軟，但是這回，柳惠娘卻沒有他所預料的那麼好哄了。

「唐公子，我說過了，我柳惠娘只想嫁一個平頭百姓，他不用高官厚祿，亦不必榮華富貴，只要有個正正當當的差事，不偷不搶，不花天酒地不納妾，即便是窮小子，我柳惠娘也絕不嫌棄，跟著他做窮夫妻，我也願意吃苦。」

她避開他的目光，神色冷淡。「既然唐公子胸有大志，將來是要做大官的人，惠娘是鄉下婦人，粗鄙又潑辣，實在難登大雅之堂，還請唐公子另擇良偶吧，待得將來立下大功，衣錦榮歸，八方美人貴女，任君挑選。」

話說完，她便要關上門，將他拒於門外。

誰知在門關上的那一剎那，被一隻大掌擋住了。

柳惠娘關不上門，抵不過他的力氣，氣得瞪他。

「放手！」

唐雄不但不放，還用力將門推開。

柳惠娘抵不過他的力道，身子往後倒，被他及時伸手摟住腰，往內一帶，她的人便撞進他的懷抱裡，而他另一手同時將門帶上，落了閂，把門反鎖。

柳惠娘見狀，氣得踢打他。

「放開！唐雄，你敢？你要是敢強迫我，咱們就完了！」

唐雄哼了一聲，抱起她，將她丟在床上，沒等她起身，他的人已經壓上去，將她的雙手制住，冷聲喝問。

「想跟我分？妳把我唐雄當成什麼了？」

「色胚、粗人、奸詐狡猾，油嘴滑舌之人！」

唐雄嘴角抖了抖。

她還真坦白。

「就這些？還有呢？」也不想想他平日對她多好，總有優點吧？

「有！你還是個土匪！」

「……」這個屁股欠打的女人。

他沈下臉，從腰間抽出一條皮筋繩，將她的雙手綁起來。

柳惠娘大驚。「你想幹什麼？」

「妳不是說我是土匪嗎？那老子就土匪給妳看。」

他真敢？柳惠娘沒想到這男人竟要如此羞辱她。他力大如牛，她掙不開他的力氣，只能用嘴罵。

「你不能這麼對我，你、你要是敢強迫我，我就再也不理你了！」說著說著，她鼻頭一酸，多日積壓的委屈和無奈終於化成淚水，傷心地哭了出來。

面對土匪時，她沒哭；面對吳子清時，她也沒哭，卻在一顆心給了唐雄後，她無法接受他這麼對她，終於露出了女人的脆弱，哭得歇斯底里，眼淚鼻涕直流。

唐雄沒放開她，他彎下身，溫柔地吻去她臉上的淚水。如果她此時睜開眼，就會瞧見他眼中的柔情和心疼。

他一點一點親吻她，就像在親個孩子一樣，沒有慾望，只有眷寵和心疼。

這個女人哪，終於肯在他面前卸下防備，表現出她內心真正的怯弱與害怕了。

他寧可面對她的哭鬧不休，而不是關起心房，拒人於千里之外的冷漠。

他必須讓她明白，在他面前，她可以胡鬧、可以撒潑，可以完全當一個任性討糖吃的小女人，若不是被他逼急了，她還不知道要撐到什麼時候呢。

柳惠娘這一哭，便一發不可收拾。

她不是個愛哭的女人，可以說她在人前，總是習慣戴上淡定的面具。

在村人面前，她是個安分守己的婦人；在公婆面前，她是孝順乖巧的兒媳；在丈夫面前，她是事事盡心的賢妻；在兒子面前，她更是個萬事都有她擋著的娘親。

裝著裝著，裝久了就習慣了。

其實，她一直渴望有一雙臂膀可以讓她依靠，可是爹爹不可靠、娘親太柔弱、姊姊們自顧不暇；公婆只會要求她，丈夫言語行為中又露出對她要求的期待，潤哥兒又還小。

她只能一直裝，務必讓每個人都滿意，只要大家滿意，她相信自己的日子就能平安順遂。

她要求不多，就只是一個家，有丈夫、有孩子，為何就這麼難？

她哭得哽咽，感覺臉上熱熱癢癢的，預期中的難堪並沒有發生，只有男人輕淺溫柔的親吻。

她疑惑地睜開眼，見唐雄正凝望著自己，眼中映照出她的哭顏，摻著幾許溫柔的碎光，眼眸深情。

是她看花了嗎？

沒有見到他的暴怒，只有心疼和無奈。

「哭夠了嗎？」

唐雄輕點她的鼻尖，得來的是她瞪大而疑惑的眼。

「哭完了，就輪到我說話了，如何？」

「不聽！」濃濃的鼻音讓這兩個字的威嚇完全褪去，只剩下孩子氣地耍賴抗議。

唐雄低低地笑了，又在她臉上溫柔一吻後，才哄著她。

「綁著妳，是為了讓妳乖乖聽我解釋，免得妳一氣之下又來咬我，咬我不打緊，但會讓我興奮的，妳必須明白，我已經十天沒碰妳了，日思夜想。」

「禽獸！」

雙手不能動，她只能靠嘴罵人，大哭一場後，這會兒完全就像個耍性子的孩子。

「禽獸就禽獸吧，但我也只對妳禽獸啊。妳說說，有哪個禽獸甘願被獵物咬的？就只有妳。瞧瞧我這身上的咬痕，都是妳幹的。」

柳惠娘氣呼呼地瞪著他。

大哭之後，她現在冷靜下來了，也看出他並不是要對她做什麼，就只是綁著她而已。

「你說什麼都沒用，我不嫁官兵，不當寡婦，不做棄婦！」

唐雄胸膛震動，被她的話逗笑了。

「放心，不會讓妳當寡婦，也絕不讓妳有機會當棄婦，但是這個兵，我是一定要當的——妳別氣，先耐心聽我說。」

他一邊說，一邊為她清清鼻涕，將自己多年來的打算，毫無保留地說予她聽。

也怪他一開始沒明說，才會惹得她誤會，心中惶惶不安。

唐雄開始跟她分析朝廷和邊疆目前的局勢，告訴她許多她不知道的危機。

當初他為何當土匪，就是因為貪官污吏，造成百姓流離失所。民心思變，不是加入義軍反地方官，就是去當土匪搶富戶官糧。

皇帝越來越老，也變得昏庸；皇子分成三派，鬥爭激烈；而地方貪官壓榨苛稅，更讓時局動盪不安，造成邊境蠻夷蠢蠢欲動。

京城的繁華只是一種假象，若是不出明主，恐怕會有動盪。

所謂亂世出英雄，想要出頭，就得趁勢而起。三位皇子爭奪帝位，收攬各方勢力，各方守將也在觀望中。

唐雄心不大，就想趁這個機會撈個將軍做做。若是太平盛世，根本沒機會出頭，只有趁著局勢亂的時候，像他們這樣的鄉野蠻夫，才有一步登天的機運。

三位皇子之中，他看準了三皇子。

他認為此人最有實力，而他加入的虎旗軍，便是這位三皇子的勢力。

唐雄並不想當梟雄，因為他戀上了兒女私情，只想與她廝守，可只有他強大了，他們才能有個安穩的家。

三年多前，他帶著弟兄們離開土匪窩，這些弟兄跟著他，就是因為信任他，想跟著他找機會放手一搏。

他之所以待在楚家商行，便是看上楚家商行在各地行走，眼界廣，消息靈通。

他一方面跟著商行賺些銀兩置產，一方面觀察時局，尋找契機。

他就算不為她，弟兄們也把希望放在他身上，他遲早也是要離開楚家商行的，而他也不想只做個小小的商隊護衛，所以他一直在等待機會。

只不過在尋找機運的途中，他遇見了她，想呵護她這朵花，將她納入自己的羽翼之下。

他在外頭見過不少美人，但那些美麗的外表，不過是用金錢堆砌出來的裝扮，哪及得上她的心美？

她的韌性與堅強，讓他真正入了心。

他相信，當他在外頭拚死拚活時，惠娘能把他們的家顧好，讓他無後顧之憂。

他知道未來京城將有一場腥風血雨，那些打算大展鴻圖的貴人們需要他這樣的才幹，他必須讓他們瞧見自己，才能爭得一席之地。

這不僅是他和惠娘的機會，也是那些跟隨他的弟兄們的機會，這便是他堅持去從軍的原因。

柳惠娘聽他娓娓道來，從一開始的冷漠無視，到逐漸聽得專注入神。

直到此刻，她才明白這男人其實想得很遠。

他的心思細膩、敏銳，與他粗獷的外表完全不同，他不單為自己打算，他早就將他們母子納入他的未來。

入營從軍這條路，是他深思熟慮之後的決定，並非一時衝動。

在她凝神專心聽他說話時，唐雄已經將她的雙手鬆綁，指腹細細撫著她手腕上因掙扎而勒出的痕跡。

「所以——」他堅定的語氣中帶著幾分懇求。「妳和潤哥兒好好在家等我，我會把所有產業轉移到妳名下，妳幫我好好打理。高老七和阿襄的功夫很好，負責保護妳和潤哥兒；銀錢和生意上的事，文昭會幫妳，有什麼不懂的就問他。這三人與我有過命的交情，值得信任。」

也就是說，不管是安全還是其他什麼的，他都為他們母子安排好了。

他說把產業移到她名下，也是怕有個萬一——萬一他一去不回，有他的產業傍身，他們母子不會流落街頭，還有一輩子花不完的銀錢。

柳惠娘不笨，聽出了他話外的用意。

「好，我願意等你，條件是你必須活著回來娶我。你若是不回來，到時我就帶著你的產業、你的銀錢去嫁給別人，你的女人、你賺來的辛苦錢，都成為別人的——

唔——」

潑辣的小嘴被男人用力堵住，唇舌報復性地吮吻糾纏一番後，才惡狠狠地道：「真是狠毒的女人，妳男人還沒死，就說這種話，真是不能對妳太好。三日不打，上房揭瓦，看來我在離開前，得好好教訓妳，好教妳知曉，妳跟的是什麼樣的男人。」

雖然嘴上威嚇，但他的懲罰不過就是在她屁股上一拍罷了。

柳惠娘把臉埋在他的胸膛上，還把殘餘的眼淚、鼻涕往他胸口上抹，孩子氣地賴皮撒嬌。

在他一番剖白後，她其實已經不氣了，多日的積怨和委屈終於找到了出口，加上適才大哭一場，此刻心情已經好多了。

她依戀著他的懷抱，沒說出口的是，她其實離不開他了。

這時候分開，叫她怎麼捨得？

但她知道，他勢必要離開，因為他是為了他們的未來去打拚，她不能再任性了。

想到此，柳惠娘像是下定決心般抬頭，主動吻上他的唇。

「你一定要回來娶我。」

是請求，也是命令，更是必須實踐的承諾。

她淚光閃爍，眼中有乞憐、有決絕，以及毫無保留的愛意。

唐雄看著她，掌心撫上她的臉，以性命擔保。

「我一定會回來娶妳，安心等我。」他含住她的呼吸，索取深吻。

付予真心的兩人，水乳交融，合為一體。

這一夜，激情綿長卻又害怕短暫，她極盡所能地滿足他，怕他要得不夠，也怕自己給得不夠。

她想為他孕育一個孩子，起碼在他走後，她可以懷抱希望，不管將來如何，她這顆心，注定是他的。

半年後，老皇帝駕崩了。

京城宵禁，以國喪之名，羽林軍連續三天都在京城內巡查防守，百姓足不出戶，夜晚卻聽到了廝殺聲。

柳惠娘抱著兒子，安靜地待在屋子裡。

高老七帶了幾名弟兄進入宅子裡，守在各處；阿襄則始終陪在他們母子身邊，一臉凜然，刀不離身，像個死士般護衛著。

三日後，夜晚不再有廝殺聲，但到處都有虎旗軍把守。

聽說，是有人趁皇帝駕崩，企圖更改御詔。

到了第七日，宵禁終於解除，百姓們也可以出門了。

唐雄送了書信回來，信上只有兩個字——平安。

看完信，柳惠娘緊繃的神經終於放鬆。

她閉上眼，深深地吐了口氣，嘴角勾起淺笑。

一個月後，新皇登基，由三皇子繼承皇位，大赦天下。

也在這時，唐雄回來了。

他受了箭傷，傷口離心臟只差一寸，把柳惠娘氣哭了。

他任由她罵，臉上卻笑咪咪的，因為這個箭傷是他為皇帝擋的。其實他可以躲開，不過若是躲開，千載難逢的機會就沒了。

所謂富貴險中求，他不冒險，哪來的富貴？所以他作弊，徒手接住射來的箭矢，往自己的胸膛插進去。

土匪比朝廷官兵強的地方，便是為了生存，通常會激發出潛力，養出一技之長，那就是「裝死」。

唐雄功夫再好，也寡不敵眾，他每回能逃過官府剿匪一劫，便是打不過就逃，逃不了就裝死。這徒手接箭往胸口一插的特技，就是他自己練出來的。

箭矢離心臟只有一寸？

切！哪有那麼巧，是他自己量好的。

果然，他藉此得到三皇子的感激和重視。

當時三皇子問他。「孤要賞你，你有何所求？」

唐雄一臉慷慨激昂，陳述心意。「殿下是明君，小的只願明君登基，整頓朝政，嚴懲貪官污吏，讓小的一家子從此安生，再也不必受人欺侮或瞧不起。」

三皇子被他所求動容，心中一熱，便當即應承。「孤應你所求。」

想要不受人欺侮？想要不被人瞧不起？那就只有封官一途了。

這是唐雄取巧，他嘴上不求官，但其實只是換個說法要官。

三皇子被他所救，又知他武藝好，為了表示他是唐雄口中的明君，一定給予厚賞封官。

果不其然，登基後的新皇開始培植自己的人馬。而唐雄救主有功，從一個小小的兵卒，立即被提拔為明威將軍。

雖是個四品下的武職，但他的升官正應了那句「小兵立大功」，新皇不單是封賞他，也拿他來激勵人心。

升為將軍的唐雄，地位不同以往，新皇欲賜將軍府和美人給他，他跪在地上叩謝皇恩，卻拒收美人。

新皇問他為何？

他回答，心中有紅顏知己，一旦升官發財，便答應要娶她，不可違背誓言，只願她以自己為榮，求皇上成全。

新皇聽了大悅，讚他君子一言九鼎，賜下黃金千兩，作為聘禮。

唐雄雙目含淚，當即叩頭謝恩。

於是，明威將軍帶著皇上的賞賜、領著浩浩蕩蕩的聘禮車馬，求娶民女柳惠娘。

此事傳入百姓間，都說明威將軍重情重義，得夫如此，是女子之幸。

成親當日，賓客雲集，都來看唐將軍風風光光地迎娶新娘子。

當唐雄藉著酒醉，被人送進洞房後，屋內只剩一對新人。

他摟著柳惠娘的肩膀，又露出那一抹痞笑。

「將軍夫人，這座將軍府可還滿意？」

新婦柳惠娘眉眼帶媚地瞋了他一眼，點點頭。「還行。」

「皇上賞賜的黃金，夫人可嫌少？」

柳惠娘輕哼一聲。「本夫人可不是見錢眼開之人。我問你，聽說皇上賞你美人了？」

唐雄腦中立即警鈴大作，心中暗叫好險，幸虧他有防範。

「沒收，本將軍向皇上推拒了，只收金，沒收人。」

「真捨得？」

他義正辭嚴。「當然，我有妳就夠了。」接著臉色一轉，笑咪咪地摸著她的肚子。

「咱們不玩那套升官發財就拋妻棄子的戲碼，是吧，兒子？」

她拍開他的手，嗔斥。「什麼兒子，說不定是女兒呢。」

柳惠娘摸著肚子。她已經有七個月的身孕了，大著肚子嫁人，臉上盡是新婦和為人母的幸福。

她不怕別人說閒話，只要唐將軍不介意就好，只不過今晚的洞房花燭夜，就只能各睡各的了。

唐雄可不依，其實男女那種事，玩的花樣很多，好不容易娶到她，他怎麼可能什麼都不做？

於是，他悄悄在她耳邊說了一些方法……

柳惠娘一聽，立即瞪眼。

「你從哪兒學來的？」

「這不用學，男人通常都是無師自通……」

「我才不要，下流！」

「媳婦乖，妳躺著就好，其他交給為夫……」

「我不——唔唔——」

被堵住唇的新娘子，哪裡抵得住新郎一定要圓房的決心呢？

沒多久，新房內就傳來嬌喘與低泣。

「色胚——不要臉——奸詐狡猾——嗚嗚嗚——土匪——」

土匪將軍很愛很愛他的將軍夫人，在不傷害肚中孩兒的情況下，滿足了他的媳婦，也滿足了他自己。

番外

【吳子清的悔】

吳子清一直覺得自己是個幸運的人，也是天選之人。

在杏花村時，他就是全村裡長得最俊、最有才華的人。

村裡的男人不是莊稼漢就是獵夫，長年風吹日曬，因而相貌粗鄙。不像他，自幼生得白皙俊秀，爹娘就他這麼一個獨子，自是寵愛萬分。

村中有個落魄的老秀才，專門為人書寫信件和唸信，賺取少許的銅錢過日子。當秀才唸信時，他因為好奇，跟著在一旁看，老秀才唸什麼，他便記住了。

老秀才發現他記憶好、認字快，因為愛才，特地告訴他爹娘說他們兒子有才，應該好好栽培，說不定將來有機會做官。

吳家夫婦聽了大喜，反正也捨不得兒子做粗活，便決定把田地租給他人，供寶貝兒子讀書，將來參加科舉，光耀門楣。

自此，吳子清就頂著文人的光環，受村人羨慕。

他耳濡目染，也覺得自己比別人高一等，而他不負重望，十五歲就中了秀才。
杏花村就出了他這麼一個秀才，自是鞭炮從村口放到村尾。
他志得意滿，覺得自己果然有才，加上書讀多了，養成了文人的清高，與他人相處時，端著一股文人的風範。
他能感覺到，當他越是風采翩翩，村人對他越是敬重，村中若遇什麼大事，村長還會特地跑到他家，私下詢問他的意見。
年過四十的村長在他這個晚輩面前，不敢擺長輩的架子，甚至禮遇有加，讓他爹娘十分長臉，他亦心中得意。
文人地位之高，由此可知，更加深他要努力讀書進取的志向。
村中女人對他很是傾慕，但他心裡瞧不上她們，卻面上不顯。他才不會笨得把這種心思表現在臉上，因為這不符合他風雅的氣度。
不過杏花村裡也是有美人的，那就是柳家的第七個女兒，柳惠娘。
她才十三歲，尚未及笄，便已出落得十分美麗，高傲如他，都忍不住多瞧她一眼。
當發現她對自己亦傾心時，吳子清心中很得意。
他認為村中唯一能配得上他的女人就只有柳惠娘，當時他已經十七歲，許多人家都找人來說媒，連平鎮的富老爺陳員外聽聞他的才華，也看上了他。

聽說陳員外的女兒陳玉蘋姿色也頗佳，他當時還在考慮，是該挑陳玉蘋，還是選擇柳惠娘？

不過最後，他還是選擇了柳惠娘，因為她不只長得美，還很溫順，很勾人，不像陳玉蘋，脾氣大得很。

雖然吳子清看似溫文爾雅，但骨子裡不喜別人爬到他頭上。陳員外的女兒條件雖然好，但自己若娶了陳玉蘋，家世肯定被她壓一頭，他可不悅。

因此，他說服爹娘，娶柳家惠娘做兒媳婦。

他聰明又能言善道，連村長都來請教，不知不覺間，他爹娘也唯他命是從，在這個家真正作主的，其實是他。

外人都以為是吳家兩老看上柳惠娘，其實是他的決定。

訂了惠娘後，果然如他所料，惠娘溫順又乖巧，什麼都聽他的，真希望快點等到她十五歲及笄，就能把她娶進門。

沒想到，她立即收拾包袱跑過來，說要幫他伺候公婆，好讓他能專心讀書。

惠娘的優點很多，她能幹、懂得察言觀色，不會鬧脾氣，又懂得伺候人，只要他皺個眉頭，她就想盡辦法讓他開心，從不給他添麻煩。

他被惠娘伺候得很舒服，可惜必須等到成親後才能碰她。

那時他是真的很慶幸自己眼光好，挑對了媳婦，能幹又乖順的惠娘，比陳玉蘋好太多了。

十八歲，他中了舉人；十九歲，他與惠娘成親，沒多久，惠娘就有了身孕。

二十歲，他有了第一個兒子。

他的人生太順遂，更相信自己是天上的寵兒，舉人之後是進士，連著秀才和舉人，他都是第一次應考就中，這也無形中給了他壓力。

村中的老秀才安慰他，能考上舉人就算不錯了，有人準備了十年，還不一定考上進士呢。

吳子清才二十歲，明年就要會試，若沒中，那也是正常，但吳子清已經習慣了成功，他不想嘗到失敗，也害怕失敗，所以他不允許自己失敗。

他去平鎮打聽消息，以文會友，與平鎮的舉人相談甚歡，得知了更多消息。

若他想考上進士，就不該待在杏花村坐井觀天，而是去京城拜師交友。

天子腳下，文人聚集，對他應考更有利。為此，他決心提早一年趕赴京城。

吳家兩老聽了兒子的決定，亦大力支持，為了籌備足夠的盤纏，他們賣了田地，資助兒子上京，成敗就在此一舉。

吳子清忐忑不安又滿腹希望地上路，一入京城，才知什麼是繁華、什麼是十里長街，華燈璀璨。

京城四大城門，八街九陌，男人錦衣倜儻，女人雲鬢衣香，商街人影川流不息，車水馬龍。

乍見這歌舞昇平的景象，吳子清只覺得胸口一熱。

果然來京城是對的。

京城物貴，為了能熬到明年應考，他帶來的盤纏租不起太貴的屋子，但老天又關照他了，讓他識得姓巴的友人，將房子借予他住，讓他省了不少開銷。

他每日苦讀，參加詩會，藉以結交文人，老天再度眷顧他，在一次詩會上，他結識了歌伎蘇錦繡。

蘇錦繡的美，著實令他驚豔。

她豔冠群芳，令其他女人為之失色，在場有那麼多男人，她卻獨獨看中他，對他輕吐愛意，甘願為妾。

他家中有妻，納妾令他心虛，遲遲拿不定主意，友人卻笑，男人三妻四妾，天經地義，待他考中進士，給他送女人的只會多，不會少。

吳子清在眾人起鬨下，納了蘇錦繡。

蘇錦繡成為他的女人，便大方拿出私己錢，購置更好的宅子。

他搬出窮胡同裡的舊宅子，彷彿一朝升天，住進了三進的華宅，家中僕人、管事、婢女，一應俱全。

有蘇錦繡為他張羅一切，他日子舒坦，不必為五斗米折腰，每日紅袖添香，只需要專心備考就行。

皇天不負苦心人，他第一次會試便中了，新晉進士都必須進翰林編修，學習一陣子，等候分派官職。

蘇錦繡是歌伎出身，識得不少大官，她手段靈活，為他一番布局，使了不少銀子，終於讓他搭上吏部侍郎，進入吏部做官，不到半年，就升上五品官。

吳子清官運亨通，官位、美人、華屋，什麼都有了，他覺得人生至此，無比幸運，相信自己將來必是做大官的人，也已經開始在作著美夢。

然而，好運終有到盡頭的時候。

妻子柳惠娘風塵僕僕來到京城，她沒有一句怨言，態度淡然地與他和離，小妾蘇錦繡成了他的妻。

原本掌控在手的人生，突然變了調。

五年過去了，他還是個五品小官，他的同儕都成了他的上司。

他官運不順，少不了被人排擠，在外受了氣，回到家裡卻也一樣不寧。

妻妾相爭，不是這個哭訴委屈，就是那個唉唉喊疼，而那個曾經事事為他著想、像朵解語花的妻子蘇錦繡，也變得面目可憎，動不動就跟他撂狠話，說當年要不是她使錢打理，他哪能無後顧之憂地考中進士？

吳子清最見不得女人壓到他頭上，可他心中雖然火大，卻只能隱忍，因為家中開銷全靠蘇錦繡張羅。五品官的薪俸根本不夠，除了要維持家中開支，出門還得交際應酬，而蘇錦繡的嫁妝豐厚，靠她的脂粉鋪子進項，才能維持他做官的體面。

他有華屋、美人、官位，但是他很累，很不開心。

後院的女人一開始都溫柔小意，每個人都說為了他甘心做妾，可是到頭來卻抱怨他的不公、抱怨自己的委屈，一個個都表現得好似為了他，她們才會如此犧牲。

他真想大喊——當初妳們可不是這樣說的啊！若不願意，就不要來勾引我啊！

但他不能說，他一直是風度翩翩、有教養的，裝得太久，突然叫他不裝，他反而沒辦法了。

他只好繼續忍，並且開始藉故不回家，因為只要一想到家中女人，他就嫌煩。

今日有梅花詩會，本該帶著家中女眷賞梅，但一想到她們爭寵的心機和嘴臉，他寧可和友人聚會，飲酒作詩。

這幾年，千禪寺的梅花林在京郊小有名氣，聽說這兒的齋菜十分美味，香客絡繹不絕。

人潮引來了商鋪，四周也變得繁榮，開了不少間茶肆和酒館。

他漫步在梅花林，目光觸及，瞧見梅林間的一名女子，面若芙蓉，清媚動人。

他先是驚豔，接著感到面熟，然後，他認出了她。

柳惠娘，他曾經的妻子。

自和離後，五年未見，他也未曾打聽過她。

當年，她給了他一個措手不及，事後回過神來，他感到憤怒。

他從不認為惠娘離開他後會過得好，他對她的印象還留在杏花村時的她，仰賴著他的鼻息度日，但是每當他被後院女人吵得心煩意亂時，他總會想起惠娘的好，但也僅是略感遺憾，唏噓感嘆。

那日和離，是由永安公主作主，他當時心驚，不明白她怎麼會攀上了公主？但後來聽說永安公主也只是一時興起罷了，兩人的關係也僅止於此。聽說她帶著兒子租住一間不算好也不算壞的宅子裡，他這才放心下來。

他相信，一個寡婦帶著兒子在京城不會待太久的，因此他沒去找她，誰叫她主動求和離，不給他面子，傷他男人的尊嚴，他等著她來求他。

可當他認出梅花林中的女子是她時，他大感吃驚，因為她身穿錦衣華服，頭戴金簪，似乎過得很好。

為什麼？

疑惑間，似是老天給他一個答案。

只見一名高大威風的男人，身著武服，俊朗威猛，來到她身邊，將滾毛邊的披風溫柔地搭在她身上。

那男人從身後摟著她，一手為她撐傘，擋住落下的細雪。

柳惠娘嘴角帶笑，探手接著雪花，笑得一臉幸福。

那一刻，吳子清盯著她的笑，怔怔地移不開眼，心頭好似有什麼在崩落。

五年的歲月，她卻變得比五年前更美麗、更動人。

原來離開他的她，沒有憔悴，反而過得更好。

從她身上再也找不到一絲村婦的樣子，此時的她，氣韻風雅，端莊秀麗，她一身的貴氣，就像個……京城的貴夫人。

「那男人是誰？」他忍不住問。

身旁友人順著他的目光瞧去，見到那對男女，正巧，友人還真認得。

「那是唐將軍，皇上身邊的紅人，旁邊是他的夫人。」

說到唐將軍，友人眼露佩服。

當年三皇子爭奪帝位，這位將軍為皇上擋了一箭，立下大功，並有了今日的太平盛世。

皇上年輕有為，肅貪官，改稅制，提拔許多有為的年輕官員，這位唐將軍便是皇上親自提拔的人才。

友人又說，唐將軍為人癡情，婉拒皇上賜予的美人，只想娶這位與他同甘共苦的女子。他不納妾，不去青樓，他說他天不怕、地不怕，唯獨怕老婆跑了，即便被人笑他懼內，他也甘之如飴。

吳子清笑得勉強，心頭卻越來越寒冷。

友人的話刺得他心頭難受，因為他口中盛讚的那個男人，完全把自己比下去了。

友人還說，這夫人雖然出身鄉野，但是有情有義，當年唐將軍還是個無名小卒時，她不嫌棄；唐將軍幾次出生入死、性命垂危時，她也不離不棄。莫怪唐將軍從四品的明威將軍升到正三品的歸德大將軍，也依然守著她一人，還到處放話說誰他媽的找死給他送女人，他就跟誰過不去。

吳子清只覺得心頭難受，好似失去了什麼重要的東西。

他不想再看那恩愛的兩人，正欲轉身離去時，那兩人身邊突然冒出三個孩子，圍著他們打轉。

吳子清一呆，目光似是黏住了。

友人談得興致高昂，沒發現吳子清的臉色，繼續說道。那三個孩子只有兩名孩子乃唐將軍所出，其中最大的那名少年，雖不是將軍親生，卻與將軍十分相像，一點也看不出是婦人前夫的孩子。

吳子清聽聞，再也站不住腳，身子搖搖欲墜。

友人趕忙扶住他，終於察覺不對。

「你怎麼了？」

「無事，許是喝多了酒。」吳子清臉色慘白，忙找了個理由匆忙離開。

他再也無法待下去，眼睜睜地看那對璧人恩愛，更怕她認出他——他如今的官位，還比不上她的現任丈夫。

回府的路上，管家十萬火急地找來，說家裡出了大事，姨娘小產。

他大驚，匆忙趕回，進門時，家裡已經亂成一團。

姨娘的奶娘說屋中香爐被動了手腳，指責主母故意害姨娘小產，主母蘇錦繡破口大罵這賤人自己不小心，故意栽贓給她。

吳子清看著這一切，只覺得腦中嗡嗡作響。

這已經是他第五個流掉的孩子了。

他看向蘇錦繡，當年那個溫柔小意的美人，如今神情只有陰鬱冷漠，說話尖酸刻薄。

短短五年，怎麼就讓一個女人變成這樣？還有他的孩子，不管哪個小妾懷孕，最後都逃不過小產的命運。

一次、兩次是碰巧，但是第五次呢？

他望向蘇錦繡，只見她臉色陰沈，滿眼算計，她挑釁的目光看過來，彷彿在警告他，若是敢休了她，她就將所有的金銀珠寶帶走。反正她有的是錢，就算和離也可以再嫁，而他，就等著當一輩子窮官吧！

吳子清只感到腦中一黑，突然冒出一句話。

娶妻當娶賢。

以往他雖知其意，卻從未感受這句話的重要性。

賢妻當娶賢……是呀，他終於憶起，當年他娶了惠娘，一路順風順水，可是當惠娘與他和離後，一切就開始變了。

那位夫人雖然出身鄉野，但她有情有義，不離不棄——

友人的話言猶在耳，吳子清站在院中，心頭的堡壘崩落，終於流下兩行清淚。

時隔五年，他終於明白自己失去了什麼。

他失去的，不僅是孩子，也失去了賢妻，失去了一個女人為了所愛之人而義無反顧的真心。

【高老七與阿襄】

高老七是孤兒，從他有記憶起，他就在土匪窩了。

他不知道爹娘是誰，土匪窩裡也沒人知道他是誰生的，在這個吃人的世道，如何活下去才是最重要的。

土匪窩今日來了一批新的孩子，這些孩子是土匪老大帶回來的，要培養成土匪。

培養的方式便是關住他們，餓個幾天，然後丟隻雞腿進去，想吃就自己爭。

看著孩子們為了搶食而打架，土匪們哈哈大笑。

高老七陰沈沈地看著。

他今年十四歲，當年他也是從搶食中廝殺出來的。

他盯著這些後輩，深知能活下來的只有幾個，太弱的不是被殺，就是餓死。

這群孩子們為了雞腿搶得頭破血流，但只有一個孩子沒搶，他就蹲在角落，看著所有人去搶。

高老七注意到他，心下嗤之以鼻。連搶的勇氣都沒有，死定了！

三天過去，活下來的孩子只剩四個，意外的，那個不搶食的孩子也還活著。

高老七好奇，趁沒人注意，他走到那孩子旁邊，低聲問：「你為什麼不搶？」

孩子抬起眼，對他道：「我不想傷害他們。」

高老七冷笑。「瞧你個小身板，你是打不過才不搶吧。」

這瘦小的孩子瞪了他一眼。「他們沒人打得過我。」

「我不信。」

「不信就算了。」小子把臉轉開，賭氣不理人。

高老七盯著那瘦小卻挺直的背影，覺得這小子跟其他人不一樣。

他本就喜歡有骨氣的人，因此就算對方不理人，他也不以為意。反之，這小子若是裝可憐求他，他才懶得理呢。

「我叫高老七，你叫什麼名字？」

小子聽了回頭，上下打量他。「這名字好怪，怎麼叫老七？」

「怎麼不行？我排行老七，叫老七很合理啊。」

「你爹娘取的？」

「切！爹娘早沒了，我自己取的。」

若是別人聽到，只會切一聲，但小子聽他這麼說，一臉恍悟，竟不囉嗦，還「喔」了一聲。

高老七更中意這小子了。「多大了？叫什麼名字？」
「八歲，我叫郭玉襄。」
「郭一香？」高老七噗哧悶笑。「你臭死了，哪裡香？」
小子恨恨瞪他，再度背對他，生氣不理人了。
「得了，香就香吧，不如這樣，你明天去搶雞腿，如果搶到了，我就救你出來。」
「我不要。」
「為什麼？」
「土匪都是騙子，我們人多，只給一隻雞腿，不過就是要我們玩，我寧可餓死也不給人看笑話。」
不錯，小小年紀真有骨氣！
他看上這小子了，決定收為己用。
他不想小子白白受死，因此當天夜裡，他把晚飯留給小子吃。
這晚飯不是他自己的，他自己都吃不飽了怎麼可能分給別人？當然是搶別人的。
郭玉襄一聽到他搶別人的飯菜，把臉一拉，不肯吃。她既然寧可餓死也要搶雞腿，怎麼可能吃他搶來的飯菜？

小子不肯吃，高老七也不生氣，心裡更加篤定小子不是裝的，而是真性情所為。艱苦的孩子都很早熟，狼窩的孩子很早就學會虛偽騙人，他自己就是個中翹楚。

他用三寸不爛之舌說服小子，先把命留下來，將來分到一頓飯，再把飯還回去不就得了。

小子聽了，覺得甚有道理，不再固執，便開吃了。

高老七見小子吃得斯文，像是受過家教的，不免好奇打聽小子的來歷。

原來小子的爹娘是商戶，家境殷實，有一天家中走水，大家都死了，留下小子一人。小子年紀小也不懂，後來被大伯和大伯母收養，這次出來郊遊，遇上土匪，人就在這裡了。

高老七聽完，心中冷笑。

出來郊遊？還專走有土匪出沒的地方？看來那位大伯和大伯母是為了奪產啊。

高老七把自己的猜測直接說了，畢竟要這小子活著，最好的辦法就是刺激小子的求生意志。

果不其然，小子聽了憤怒，為了尋求真相，隔日大展身手，還真的把其他孩子打敗了，獨得一隻雞腿。

高老七乘機去找山寨老大身邊的兄弟，說這小子力氣大又能打，死了可惜，不如留下來當小弟，山寨出去搶劫時，也多一分助力。

這位土匪兄弟被說動了，便去跟山寨老大說。

山寨老大也覺得郭小子挺有勁，自己肯求生存，別人才會願意給機會，遂同意了。

從此之後，高老七就把郭玉襄帶在身邊。

他練拳時，小子就跟著練拳；他搶食時，小子也搶，但卻是為了把搶到的食物拿去還給別人。

當小子跟高老七說此事時，高老七立即把身旁七歲的胖小弟抓來。「人家要把飯菜還你，接著。」

胖小弟看著高老七，在他的眼神警告下，對郭玉襄道：「不用了，我太胖了，要減一減，妳幫我吃吧。」

郭玉襄看看他，身上的肉的確比別人多，既然他求自己，她就不客氣地幫他吃了吧。

胖小子是山寨老大第四個老婆的兒子，平日分到比較多的肉，所以長得比其他孩子胖。

高老七將他收服後，他從此便跟著高老七混。高老七跟他說，吃多有礙練功，叫他少吃一頓。他為了練功，每餐都把飯菜分給高老七，待之後郭玉襄跟他們混熟後，從胖小子這裡得知此事，氣得跟高老七打了一架。

郭玉襄雖然力氣大，但她才八歲，怎麼打得過已經在練功夫的高老七？反而被高老七壓在地上打。

土匪窩裡講的是拳頭，誰拳頭硬就聽誰的，高老七不准底下小弟爬到他頭上，即便是郭玉襄也不行。

郭玉襄被他揍到流鼻血也不求饒，頗有跟他死磕的架勢，氣得高老七差點把郭玉襄打死。

她惹怒了高老七，其他孩子都不跟她好，故意趁她虛弱時，搶她的飯吃。

高老七等著小子自己來認罪求饒，但郭玉襄偏不，沒飯吃，她就趁半夜大家睡著時，自己去找吃的。

她來到後山溪邊抓些小魚、小蝦，順便給自己洗洗身子。

她不知道，當她脫光時，有一雙眼在盯著她，趁她不備，將她推入溪水裡，並哈哈大笑。

郭玉襄成了落湯雞，站在水裡，憤怒地瞪著岸上的高老七。

高老七拎著郭玉襄的衣服，惡意地威脅。

「跟老子跪下求饒，衣服就還你，否則你就光著屁股，看你怎麼辦？」

他以為小子聽了會嚇到、會服軟，哪知反而完全激怒小子，不管不顧地衝上來，光著身子撲向他。

高老七原本邪笑的嘴臉一僵，整個人呆愣住，還來不及反應，就被郭玉襄打了一拳。

我操！

高老七終於回神，一個反彈，把郭玉襄壓制在地。

他……沒看錯吧？

當小子全身光溜溜地衝上來時，下面好像少了某個東西？

高老七以為自己看錯了，為了求證，一邊壓制郭玉襄，一邊瞧個仔細。

「……」

他沒看錯，真的……沒有那一根！

我操！這小子是女的！

高老七已經十四歲了，也懂男女那回事。

郭玉裏是女孩這事，可不能說！

他趕緊把衣服還給她，讓她遮掩一下身子，同時心中慶幸他沒帶人來，郭玉裏是女孩子這事，只有他一個人「看到」。

從這天之後，他沒再欺負她，並且誰欺負她，他就痛揍誰，還放話說郭玉裏是他弟弟，誰敢給她好看，他就讓誰更好看。

山寨老大聽到這話時，笑得露出虎牙，把高老七叫來問。

「怎麼突然對他這麼好？」

高老七心驚膽跳，面上卻笑得很痞。「那小子手腳靈活，是個有才的，我收她當義弟，將來一起出生入死，為老大效命！」

山寨老大愛聽這話，他喜歡高老七的機靈，既然他看上那小子的拳腳，就吩咐人給郭小子一個窩。

在山寨裡要有屬於自己的地方是要爭取的，若實力不好，只能當最底層的手下，一起睡大通鋪。

那些活下來的孩子，每晚就是這樣擠在一間大屋子裡睡的，臭氣沖天，根本不是人住的。

高老七聽完，把手一揮。「不用了老大，不如給我換一間大的吧，我和她兩人一間，也好監視她，省得這小子心思不定，給我偷跑呢。」

山寨老大聽了也對，郭小子這孩子才來山寨不久，是有可能偷跑，遂應了他的要求，命令手下給他們挪去一間大一點的屋子。

這屋子就在唐雄隔壁。

從此以後，郭玉襄吃睡都跟高老七在一處。

他警告她。「千萬別讓人知道妳是女的，要不然會把妳送到紅屋去。」

郭玉襄納悶。「紅屋是幹麼的？」

「給山寨男人天天壓，天天睡。」

郭玉襄才八歲，怎麼會懂？

高老七認為她一定要知道事情的嚴重性才會怕，於是趁著半夜帶她去紅屋看一眼。

郭玉襄看到那些女子的慘狀，差點害怕得叫出來，幸好高老七及時摀住她的嘴。

郭玉襄不怕死、不怕打架，但要她天天被男人鑽下面的洞，那實在太可怕了。

想到那些女人哭喊的嘴臉，她抱著高老七。「我以後天天跟你睡，不要去紅屋。」

高老七滿足地看著她小臉哀求的可憐表情，心想，早知道這樣才會讓她服軟求饒，他還那麼費事收服她幹麼？

自此之後，兩人同睡一張床、同蓋一條被子，吃喝拉撒都在一起，當然，一言不合還是會打架。

土匪窩的人都知道，高老七多麼看重他這個弟弟，就算打架也都讓著他，甚至還會指導他打架的技巧。

他們哪裡知道，高老七自從知道她是妹子後，下手就不敢重了，還得叮嚀她，打架要記得保護臉，可別破相了。

為了她，他可沒少操過心，雖沒把屎把尿地拉拔她長大，但也操碎了一顆心。她的初潮來時，還是他偷偷去弄來月事帶，教她女人家的事。

為了不讓他人起疑，每回她月事來，他就不准她出門，讓她待在屋子裡，他再把自己弄得一身傷，假裝兄弟倆又打架了，聞到的血味都是他身上的，而郭小弟被兄長打趴，需要在屋子裡休養幾日。

隨著阿襄越來越大，正在發育的身材恐怕再也藏不住，遲早被人發現，高老七心想必須想辦法，幸虧，他跟了唐雄。

高老七唯一打不過的人就是唐雄。他知道這男人很厲害，只是故意藏拙。他帶著阿襄跟著唐雄混，直到有一天，官兵要剿匪，高老七知道機會難得，便帶著阿襄，跟隨唐雄以及一批弟兄趁夜離開山寨，自此脫離土匪的身分。

清晨雞鳴，高老七被後院的公雞叫醒了。

他坐起身，怔怔地看著四周。

屋子寬敞，乾淨整潔。

時光飛逝，八年過去，他已經二十二歲，不再是十四歲的少年。

他已經很久沒夢到過去了。他坐在床上，一臉怔忡地發呆。

突然，門被大力推開，阿襄闖了進來。

「切！怎麼還杵在床上？昨天是誰說雞鳴就起身，今天要教我一套新的招式？」

眼前的女子早褪去當年瘦巴巴的模樣，長成了前凸後翹、曲線玲瓏的妙齡少女，身上穿的是柳惠娘為她裁剪縫製的衣裳，頭上的簪子是高老七送給她的及笄禮。

現在日子富裕了，他們不愁吃穿，花用足夠，他後來送她的簪子比這個更好、更高貴，但她總喜歡戴著這支舊簪子。

他看著阿襄，不答反問。「我送妳那麼多簪子，妳為什麼總喜歡戴這支舊簪子？」

阿襄奇怪他怎麼突然問起這個了，但還是老實回答他。

「我就喜歡這支，這是你送我的第一根簪子呢，別有意義。」

別有意義嗎？他可不可以理解成，他對她而言，也是特別的人？

「喂，你發什麼呆啊？不舒服？」她走上前，伸手摸他的額頭。

高老七突然握住她的手。「阿襄，妳也大了，該嫁人了。」

阿襄愣住，繼而擰眉。「不嫁！」

「為什麼？」

「因為我不想離開你啊！」嫁人就得跟著丈夫，她才不要呢！

高老七看著她，突然說：「要不，妳嫁我吧，嫁給我，妳就不用離開我了。」

阿襄聽了一呆，怔怔地看著他，似是被他的話給驚住了。

兩人就這麼四目相對。

過了片刻，她似是終於回神，輕輕開口——

「好。」

——全書完

流浪貓狗介紹所

為流浪貓狗加油 和貓寶貝 狗寶貝

廝守終生(一定要終生喔！)的幸福機會

對人來說，貓寶貝狗寶貝只是生活的一部分，但妳（你）對牠們來說，卻是生活的全部，領養前請一定要考慮清楚——

▲ 討摸成癮的 檸檬

性　　別：女生
品　　種：米克斯
年　　紀：約1～2歲左右
個　　性：膽小親人、脾氣超好
健康狀況：已結紮，已注射五合一第一劑和狂犬疫苗
目前住所：苗栗市（國立聯合大學動保社辦）

本期資料來源：國立聯合大學動物保護社

第328期推薦寵物情人

『檸檬』的故事：

去年寒假，聯大新來了疑似同胎的四隻成貓，貓咪們彼此關係超級好，經常會互相舔毛、互撞額頭，親暱地靠在彼此身上。當時因為其中一隻捲尾巴的比較親人，得以先抓去結紮。沒想到之後因為疫情，改為遠距教學課程，我們無法再抓貓咪去結紮，於是暑假時便收穫了這群貓咪贈送的大禮包——某隻三花貓生下了四隻小貓。

基於優先結紮母貓的原則，幹部某日發現貓咪們的蹤跡後，當即回社辦拿誘捕籠跟肉泥，順利誘捕到貓咪，並依照眼睛的顏色，為一隻綠眼的三花貓取名為檸檬。

在相處的這段時間，我們發現檸檬個性雖然有些膽小，卻有淡定的一面，會默默觀察周遭，很親人也好接近，愛貓人只需要具備　貓的好技術即可，因為檸檬最喜歡被摸摸，不管是頭、下巴、屁屁都是牠的心頭好。

檸檬脾氣很好，在結紮手術後的照護期間，從來沒有出爪、咬人過，都是認命地被我們抱起來搽藥，完事後還會趴在我們腳邊享受專屬的摸摸服務。不只看醫生表現好，除了貓咪們都會有的喵喵叫反應外，牠的穩定是我們照護過最乖的流浪貓。有沒有人願意收編這麼優質又美麗的貓咪呀～～有意領養者請私訊聯合大學動物保護社FB或是IG，萌貓檸檬等您來愛撫。

認養資格：

1. 須填寫認養評估單（私訊後會傳送檔案），第一次先來確認貓是不是自己喜歡的，如果確定要領養，會要求做好家中防逃措施等等，第二次才能帶貓回家。
2. 須同意簽認養寵物切結書和監護人同意書（未滿20歲者）。
3. 請領養人提供身分證影本（姓名、生日、照片、住址，其他自行遮擋）、健檢單、貓咪健康護照（打疫苗時會給）等證明。
4. 晶片注射請回傳資訊（飼主須登記晶片https://www.pet.gov.tw/web/o201.aspx）。
5. 須配合送養人日後之線上回訪（傳照片或影片），對待檸檬不離不棄。

來信請說明：

a. 個人基本資料：姓名、性別、年齡、家庭狀況、職業與經濟來源等。
b. 想認養檸檬的理由。
c. 過去養寵物的經驗，及簡介一下您的飼養環境。
d. 若未來有結婚、懷孕、出國或搬家等計劃，將如何安置檸檬？

2022 過年書展 狗屋

2/1出版 一場亂局，成就好姻緣？

春遲

將門逆女，實力撩夫

所嫁非人禍及全家，她最終只能親手了結性命以贖罪，
如有來世，只願能忘卻前塵重新開始……
豈料她連黃泉路都走得不順遂，被孟婆一出手就送回大婚當日！
她投胎不成，還得重新面對這棘手的一局，這盤棋該如何下？

文創風 1032-1033

《月老套路深》 全二冊

大將軍之女陸蒺藜是京城的話題人物，容貌絕色卻古靈精怪、時有驚人之舉，
繼看上新科狀元展開窮追不捨的求親後，大婚之日姑娘她又「發作」了——
「退婚！我要退婚！」
身著嫁衣的陸蒺藜嚷嚷著要退婚，任將軍老爹氣得跳腳也動搖不了她的決心，
只因重生歸來，她心裡有數，這男人嫁不得！
他的人模人樣只是表面功夫，實則腹黑心機別有所圖，終將害得她家破人亡……
這一回她不再傻傻被套路，順手拉了個喝喜酒的路人充當新歡，誓要退婚成功，
誰知她想得太天真，逆天改命可不簡單，
婚事沒退成，抗旨拒婚就先觸怒龍顏，惹來殺身之禍，
還得仰賴隨手拉來演出的「路人」出手相救、從中化解！
原來人家身分不一般，年紀輕輕後臺比她還猛，竟是地位尊貴的國公爺?!
據聞羅止行出自天家行事低調，向來不涉及政事，全然是個富貴閒人；
可不知為何被扯進混亂中，形成和狀元郎針鋒相對的局面，他似乎開心樂意得很？
這棋局深得她看不懂，以為如願退了婚一切便在掌控中，不料事情變得更複雜，
無緣渣夫不放手，國公爺這尊大佛也請不走，這場面她實在始料未及啊……

過年書展

歡迎光臨

狗屋話題作者好友會

單冊特價66折不稀奇，以下書單任選一套6折，二套(含)以上5折

灩灩清泉

文創風 949-952《大四喜》全四冊

擁有「聽心術」能力的許蘭因，
不僅解決了原主留下的爛攤子，
還在尋藥草好賣錢的路上，
救下落崖的男子，
孰料，這傢伙傷癒後老愛在她耳邊念叨著娶她？!

文創風 973-976《旺夫續弦妻》全四冊

意外穿越又被下凡修行的精靈驚著，
還在宴會上撲倒賓客當眾失儀？!
這種出場嚇死謝嫻兒了，
身邊也因此多了隻被精靈附身的貓咪太極。
「喵～～一頓能吃十顆雞蛋？
我對妳嫁進馬家充滿了期待哪！」

踏枝

文創風 882-886《聚福妻》全五冊

重生的姜桃只想求個健康身子，
孰料因命格帶凶被當成掃把星，
不只生病被抬進山上破廟自生自滅，
長輩們還打算把她隨便嫁了，替姜家解厄？
嫁就嫁，既然嫁誰都是賭，
不如設法嫁給在廟裡看對眼的男人吧！

文創風 964-967《誤入豪門當後娘》全四冊

穿成有剋夫之名的舉人之女，鄭繡毫不在意，
反正爹爹願意養她一輩子就行，
直到在家門口撿了條狗回家養，
接著又養起這條狗的小主人，
然後養著養著，
現在竟連小主人的爹都要她一併養了？!

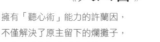

動動手，虎福氣來

活動1 ＋狗屋2022年過年書展問卷調查活動＋

抽獎辦法　活動期間內，請至 狗屋天地 或是掃描下方QR Code，皆可參加問卷活動。

得獎公佈　3/2(三)於 狗屋天地 公佈得獎名單

獎項
3名《月老套路深》全二冊
3名《將軍求娶》全一冊

我是QR Code

活動2 ＋＋＋＋＋＋ 購書福運多 ＋＋＋＋＋＋

抽獎辦法　活動期間內，只要在官網購書並成功付款，系統會發e-mail給您，並附上抽獎專用之流水編號，買一本就送一組，買十本就能抽十次，不須拆單，買越多中獎機率越大。

得獎公佈　3/2(三)於狗屋官網公佈得獎名單

獎項
3名 紅利金600元
3名 紅利金300元
4名 文創風1039-1040《大器婉成》全二冊

過年書展 購書注意事項：

(1)請於訂購後**三日內**完成付款，最後訂購於2022/2/9前完成付款才算有效訂單喔！
(2)寄送時間：若欲在過年前收到書，請於**1/25前下訂並完成付款**。
1/26後的訂單將會在2/7上班日依序寄出。
(3)購書滿千元(含)以上免郵資。未滿千元部分：
郵資65元(2本以下郵資50元)／超商取貨70元(限7本以內)／宅配100元。
(4)特賣書籍因出書時間較久，雖經擦拭、整理，仍有褪色或整飾痕跡，故難免不如新書亮麗。
除缺頁、倒裝外無法換書，因實在無書可換，但一定會優先提供書況較良好的書給大家。
若有個人原因需要換書，需自付來回郵資。
(5)各書籍庫存不一，若遇缺書情形可選擇換書或退款。
(6)歡迎海外讀者參與(郵資另計)，請上網訂購或是mail至love小姐信箱(love@doghouse.com.tw)詢問相關訊息。

狗屋有權修改優惠活動的實施權益及辦法。

風 文創
1034

將軍求娶

國家圖書館出版品預行編目資料

將軍求娶 / 莫顏著. --
初版. -- 臺北市 : 狗屋出版社有限公司, 2022.02
冊 ; 公分. --（文創風 ; 1034）(洞房不寧 ; 3)
ISBN 978-986-509-292-4（平裝）. --

863.57　　110022672

著作者　莫顏
編輯　王冠之
校對　陳依伶
發行所　狗屋出版社有限公司
地址　台北市104中山區龍江路71巷15號1樓
電話　02-2776-5889～0
發行字號　局版台業字845號
法律顧問　蕭雄淋律師
總經銷　知遠文化事業有限公司
電話　02-2664-8800
初版　2022年2月
國際書碼　ISBN-13　978-986-509-292-4

定價270元
狗屋劃撥帳號：19001626
網址：love.doghouse.com.tw　E-mail：love@doghouse.com.tw